KB198918

부재하는 형상들이 있는 풍경

필리프 자코테

Philippe Jaccotte

자코테의 시에는 자연과의 관계라는 주제가 농축되어 있다. 시인은 자연의 아름다움 앞에서 느끼는 기쁨과 서정을 그리면서도 자신의 언어가 무매개적인, 즉각적인 자연 혹은 사물을 가리지 않도록 스스로를 지운다. 사물을 대체하지 않는, 있는 그대로를 "거의" 현현할 뿐 문턱에서 멈추는 "절제와 묵시의 미학", 시인은 이를 통해 사라짐이 빛을 비추는 방법임을 보여준다.

부재하는 형상들이 있는 풍경

필리프 자코테 지음
류재화 옮김

일러두기

* 원주는 끝에 '— 원주'라고 표시했으며, 표시가 없는 것은 모두 역주이다.
* 원문에서 이탤릭으로 강조한 부분은 방점으로 표기했다.

차례

부재하는 형상들이 있는 풍경

수년 전부터, 나는 내 체류지이기도 했던 이 풍경들 속으로 부단히 되돌아왔다. 나는 사람들이 내가 세상을 피해, 아니 고통을 피해 이런 피난처를 찾는다고 비난할까봐 두렵다. 인간들과 그들의 (기쁨보다 훨씬 눈에 잘 보이고, 집요한) 아픔이 내 눈에 그렇게 잘 들어오지 않는다고 할까봐 두렵다. 그렇지만, 이 글을 잘 읽어보면, 이러한 비난이 거의 다 반박됨을 보게 될 것이다. 왜냐하면 이 글은 (비록 그 파편에 불과할지라도) 실재만을, 인간이라면 다 포착할 수 있는 것(마을 속으로 들어가거나, 길을 우회하거나, 지붕 너머를 보거나)만을 말하기 때문이다. 적어도 인간에게 인간의 비참함을 그대로 보여주는 것만큼은 유용할지 모른다. 비참함을 벗어날 출구가 없다고 설득하는 것보다, 아니면 거기서 눈을 돌려 비현실적인 것에만 현혹되게 하는 것(신문이나 최근의 많은 책이 바로 이 상반된 유혹, 그러나 똑같이 위험한 유혹 사이에서 흔들리고 있다)보다 차라리 이게 훨씬 나을지 모른다. 선물은, 특히 우리가 요청하지 않았을 때 주어질 수 있다. 그 가운데 어떤 선물은 우리의 깊숙한 삶과 관계가 있고, 가장 변함없는 우리의 꿈과 연관된 의미가 있어, 나는 그 관계와 의미를 이해해보려고 골몰한다. 간단히 말해, 만일 흙은 빵이고 하늘은 포도주라고 말한다면, 이런 말은 우리의 마음에 선물처럼 주어졌다가 이내 없어지고 만다. 그 많은 화가가 추구한 것(때로는 계속해서 추구해가는 것)이 이것이다. 세계가 아직 화가들에게 행사하는 힘이 있다면, 또 그들의 작품을 통해 우리에게 행사하는 힘이 있다면, 바로 이것이다. 이렇게 말고는 달리 어떻게 설명해야 할지 모르겠다. 이런 의미에서 세계는 오직 죽은 자들에게만 완전히 낯선 것이 될 수 있을 것이다(확신까지는 아니지만).

그렇다고 내가 이 고장들의 토지대장을 만들겠다는 것은 아니다. 연대기를 작성하겠다는 것도 아니다. 도리어 이런 시도들로 이 고장들의 자연성이 퇴색되었고, 우리에게 낯선 것이 되었다. 윤곽선을 그리고, 전체를 한눈에 보고, 그 핵심을 파악한다는 구실로 구역을 확정함으로써 그 동력과 생명력이 사라졌다. 없어지는 것을 붙잡기 위해 자리 하나 내주면 되는데, 이를 무시함으로써, 우린 전체를 다 잃고 말았다. 나는 걷고 또 걷고, 추억하고, 어렴풋이 느끼고, 잊어버리고, 집중하고, 재발견하고, 헤맬 것이다. 나는 곤충학자나 지질학자처럼 땅에 몸을 숙이지는 않았다. 그저 지나가고, 반겼을 뿐이다. 나는 이들을 보았고, 이들은 그 스스로 인간의 한 생애가 그러는 것보다 훨씬 빨리 혹은 그 반대로 훨씬 느리게, 지나갔다. 때론, 이렇게 서로 움직이다 마주칠 때면(가령, 두 시선의 만남으로 번개가 치면서, 전혀 다른 세계가 펼쳐지듯) 알아채듯이, 움직이는 그 모든 것 속에는 절대 움직이지 않는 진원이자 핵이 있을 것이라고 짐작되었다. 이미 너무 많이 말한 걸까? 다시 길 위에 서는 것이 낫겠다……

그 어떤 계절보다 나는 이 고장들을 황량하게 만들고 정화하는 겨울을 좋아한다. 겨울은 천사들을 위한 계절. 단, 저물어가는 종교가 이들을 깎아내리며 부여한 저 시든 이미지를 잊는다는 조건으로(종교에서 말하는 천사라고 해봤자, 볼이 통통한 분홍색 작은 피조물 아니면 신경계 없는 유령 아닌가). 다만 있는 그대로, 아니 있을 수 있는 그대로 상상하게 된다. 신속하고 명쾌한 힘. 환희와 기쁨 너머 얇은 빛의 천을 직조하는 일에만 몰두하는 눈이 먼, 너무나 바쁜 베틀 북. 왜냐하면 꽃들의 다정한 불도 꺼졌고, 그 고백도 부름도 잦아들었고, 눈도 감겼기 때문이다. 왜냐하면 모든 초록이 다 지고 없기 때문이다. 초록이 꿈과 추억을 위해 만들었던 너무나 엉큼한 은신처, 녹음 짙은 정자, 디도와 아이네이아스가 뇌우를 피해 들어왔다 이 못지않게 축축하고 뜨거운, 또다른 뇌우를 만난 동굴.* 정신은 이젠 불타오르는 충동에는 그만 귀를 기울인다. 몸을 꼬고 뒤틀며 한숨짓는 충동에는, 몸을 구부려 트렸다가 풀어트리는 충동에는 그만 귀를 기울인다. 숨기고 덮어주면서, 포획하는 초대의 말도 그만 듣는다. 다정한, 그러나 숨막히는 속삭임도 그만 듣는다. 시선은 멀리 달아나며 그저 자유롭다. 공간을 가늠하고, 그 요소들을 만날 뿐이다.

까마득한 그물코들 사이로 곤충들이 뛰놀며 살랑대던 풀들도 이젠 다 말라버려 바닥에 누운 짚으로 변해 있다. 나무들은 역광 속에서 연기 다발을 머리에 쓴 목탄, 아니 축 처진 채 허공에 멈춘 먼지일 뿐이다. 경작지는 바닥에 배를 깐 스핑크스처럼 어둡고, 무겁고, 벙어리처럼 아무 말이 없다.

태양의 색깔들, 피와 황금, 아니 분노와 풍요. 이것

* 베르길리우스의 『아이네이스』에 나오는 한 장면. 아이네이아스의 외모와 영웅적 면모에 마음을 빼앗긴 디도는 주체할 수 없는 사랑의 감정에 아이네이아스 곁을 끝없이 맴돈다. 이런 디도의 사랑이 안타까운 유노는 베누스를 찾아가 둘이 사랑할 수 있게 해달라고 부탁한다. 어느 날, 사냥을 떠난 디도와 아이네이아스는 갑자기 벼락과 천둥을 동반한 비를 만난다. 두 사람은 이를 피해 동굴로 들어가 사랑을 나눈다.

들은 다 어디로 갔나? 이런 세계에서는, 사자와 황소들은 약한 모습을 보이느니, 잠시 차라리 자리를 떠나고 없는 걸까? 더이상 쟁취할 것도 없다, 그저 눈으로 볼 뿐! 푸르름은 이제 색이, 질료가 아니다. 그것은 거리이며, 아득한 꿈이다. 칡넝쿨과 털가시나무 속에 버티고 있던 초록은 잿빛과 음영으로 덮여 있다. 이건 마치 자신의 은밀함을 유지하길 바라는, 더 오래가기 위해 죽음과도 한편이 되려는 상념 같다.

따라서 여기서 겨울이 찬양하는 힘은 굉음과 함께 신속하게 승리하는 힘이 아니다. 깃발과 트럼펫과 깃털 장식과 전리품과 함께 들이닥쳐 쓸어버리고 밟아버려, 위에서 승리하는 힘이 아니다. 수갱과 회양목 색을 띠고, 겸손과 침묵으로, 밑에서, 인내하고 가만히 집중하는 힘이다. 그것은 두터운 과거이다. 짙은 어둠, 기억에도 없는 아득한 옛날이다. 그것은 석조 기념비 같다. 압도하기 위해 높이 세워진 게 아니라 아래로 내려온, 기리기 위해 몸을 숙여야 하는 넓고 깊은 반석(그리고 올라가지 않고, 땅에 붙은, 그래서 '토관土冠'이라는 이름이 붙은 넝쿨). 밝게 빛나는 대낮의 수송차들이 색깔의 암시를, 아니 오류를 다 씻어버리고 자유롭게 지나갈 수 있도록, 그 위 공간은 넓을 수 있을 만큼 넓고, 트일 수 있을 만큼 트였다.

그렇다면 이제 단단한 것과 트인 것은 하나라고 말할 수도 있겠다. 그러면 그 순간, 땅은 시련을 겪어 검증된 커다란 나뭇배 같다. 맑은 하늘을 선구船具로 갖춘. 단 한순간만큼은. 왜냐하면 그 상image이 그렇게 우기기에, 그렇게 막고 나서기에. 하지만 거기엔 애잔한 노쇠가 있다. 숲속 가장 어두운 곳, 어느 나무 몸통 속에 파여 생긴 오래된 샘물의 애잔한 노쇠. 그토록 많은 것을 싣고 온 오래된 배 밑바닥(어떤 배들은 시체를 실었고, 또 어떤 배들은 생선을 실었다)의 애잔한 노쇠. 그리고 또 나무들 속에는, 잎들을 대신한 자리에, 흰빛이, 아득하나 여전한 맥박으로 분명히 있다…… 그리고 세계는, 가만히 생각해보면, 닻을 단단히 내리고 있지도 않다……

…돌들로 가득한 넓고도 커다란 벌판. 푸른 떡갈나무는 아직까지 이파리를 마지막 허물벗기에 들어간 곤충의 가시 돋친 등껍질처럼 내밀고 있다. 쟁기가 돌들 사이를 헤집고 삐걱거리며 이동할 때(보습 날이 너무도 선명해 날아가는 비둘기가 비치는 걸 볼 수 있을 정도였다. 그리고 그 보습을 미는 인간은 땅속에 거울을 묻으려는 것 같고, 얼어붙은 하늘을 땅속에 박아버리려는 것 같다. 조금 더 공상을 해본다면, 늙은 나무껍질의 너울 속이 강 물살인 양 뱃머리를 따라가는 것 같다), 이 돌 밑에서 천천히

만들어지는 것이 있다. 그것은 일종의 향내 나는 석탄, 또는 검은 수세미처럼 생긴 구멍 송송 뚫린 흙 미세공 덩어리. 거무스레한 광산과도 잘 어울리는 추운 계절, 개들이 냄새를 킁킁 맡더니, 석탄을 파낸다. 작은 석탄 공들은 열이 아니라 그 향을 서서히 연소하는데, 마치 다른 세계에서 올라온 향기처럼 거의 구토가 날 정도로 강하다…… 이 돌 많은 목장에 알맞은 유일한 짐승은, 그와 비슷한 색조를 띤, 거의 무언에 가까운 거칠고도 야생적인 순박함을 지닌, 아니 세례자 요한같이 더럽고 다 풀어헤쳐진 털가죽 옷을 입은 양일 것이다. 밤에는 달빛 아래 조용히 메에 울어대는 소리가 들린다. 축사에 걸린 우윳빛처럼 희부연한 각등角燈을 보고 울어대는 것이겠지만, 꼭 달에 대고 울어대는 것 같다. 낮에는 약간 얼이 빠진 이 순례자들이 돌길을 행차하면, 메뚜기들이, 아니 돌들이 탁탁 튀면서 보석 상자 속 보석처럼 눈을 현혹하는 가운데 이지러진다……

…또 노간주나무도 만난다. 노간주나무들은 절대 규칙적이게 심어져 있지 않다. 바람 부는 대로 우연히 그저 홀로 거기서 자라난 것 같지만, 그렇다고 꼭 제각각 흩어져 있는 것도 아니다. 단지 훨씬 신비로운 조화로 모여 마치 지상에 나무들로 이루어진 별자리가 펼쳐진 것 같다. 그

한가운데 밝은 것이 있어, 하마터면 촛불이라고 말할 뻔했다. 아니면 소박한 피라미드. 짙은 녹색, 그 시간과 기억의 색이 한가운데 서리처럼 낀 피라미드. 기억과 서리 낀 깊이의 작은 기념물. 그 사이에서 산책자가 걸음을 멈추니, 무슨 커다란 망에 걸려 있는 건지도. 바람이 선택한 지대, 바람이 설정한 지대. 눈에는 보이지 않지만, 지나가던 행인이 내뱉은 숨결로 점점이 뿌려진 오벨리스크, 즉시 그리고 항상 다른 곳으로……

겨울의 문장紋章은 모래색과 은색, 그리고 녹색. 눈이 온 낮에는 흰담비색 문장, 밤에는 검은 바탕에 흰담비색 무늬 문장.

(…항상 약간 너무 많이 말해지는 이런 상들은, 사실에는 가까스로 부합한다. 그래서 오히려 그 방향을 봐야 한다. 왜냐하면, 이런 사물들은, 이런 풍경들은 절대 의상을 많이 걸치지 않기 때문이다. 상이 사물을 대체해서는 안 된다. 어떻게 그 상들이 펼쳐지는지 어떻게 우리가 그 안으로 들어가는지 보여줘야 한다. 상들의 작업은 섬세하니까.)

…끊임없이 전혀 다른 것에 놀란다. 성탄절 후의 어느

날 저녁, 뤼카스 판 레이던*의 그림이 생각나는 석양의 하늘. 곰곰이 생각하지 않고도, 즉시 생각난 그림, 잘 규명되지 못할 연상이거나, 기억의 오류일지도 모른다(후경에 불타는 장면이 있는 〈롯과 그의 딸들〉**이라는 제목의 그림을 갑자기 떠올린 것은, 지금은 갖고 있지 않은

* 뤼카스 판 레이던(Lucas van Leyden, 1494~1533). 네덜란드 레이던 태생의 16세기 화가. 14살 때부터 판화 〈무하메드와 수도사 세르기우스〉를 제작했을 정도로 신동이었으며, 특히 햇빛의 반짝임을 탁월하게 표현했다.
** 성서의 일화 '롯과 그의 딸들'은 수많은 화가에 의해 그려졌다. 아브라함에게는 롯이라 불리는 형제가 있었다. 이집트에서 돌아온 그들은 네게브에서 헤어졌다. 아브라함은 헤브론으로 가고, 롯은 요르단으로 가서 짐승 무리를 방목했다. 이 요르단 평원은 베델에서 소돔까지 넓게 펼쳐져 있었다. 타락한 소돔과 고모라를 멸하는 하느님의 불같은 심판에 이들은 그곳을 빠져나오지만, 롯의 아내는 그곳에서 보낸 삶을 벌써 추억하느라 뒤를 돌아보지 말라는 말을 어기고 소금기둥으로 변한다. 그러나 롯과 그의 딸들은 뒤를 돌아보는 과오를 범하지 않는다. 이들은 계속해서 도망쳐 산으로 올라가고 동굴 하나를 은신처로 삼는다. 그런데 어느 날 첫째 딸이 둘째 딸에게 포도주로 아버지를 취하게 해 아버지의 정자를 취하자고 말한다. 화가들이 주로 그린 것은 바로 이 장면이다. 뤼카스 판 레이던의 그림에서 후경은 불과 유황이 떨어지는 소돔 마을이고, 전경은 자손을 얻기 위해 아버지를 유혹하는 두 딸의 모습을 그리고 있다. 롯의 두 딸은 모압족과 암몬족의 시조를 낳는다. 근친상간의 이 충격적인 장면은 여러 해석을 낳았지만, 번식을 통한 생명의 연속이라는 자연 섭리의 압도적 위력을 상징적으로 대변한다. 레이던의 그림에서도 후경의 '심판의 불'과 함께 전경에는 어둡고 칙칙한 색 중간 왼쪽에 유독 눈에 띄는 향로의 불이 있다. 이 불을 "수정 같은 단 하나의 별"이라고 자코테는 묘사하고 있다.

어느 책에서 아르토***가 이 그림을 말했기 때문이다).
하늘은 옛 화풍의 색을 하고 있다. 가까스로 사실적인 분홍색과 황금색. 지평선을 따라 우선 긴 황금 띠가 있고, 이어 그 띠 위에 분홍색 원이 있거나 아니면 분홍색이 밝게 퍼져 있거나, 그것도 아니면 분홍색 가루가 뒤섞여 퍼지면서 원을 그리는 것도 같다. 아래 풍경은 어둡고, 밝은 부분은 그저 지푸라기 색깔의 밭이다. 그러니까 축축한 지푸라기 색이 넓게 펼쳐진 곳밖에 없다. 지푸라기와 두엄 색깔의 풍경, 얼어붙은 마구간. 그리고 그 위는, 이걸 어떻게 말해야 하지? 어떻게 말해야 하늘 아래서 본 것을, 이 분홍색과 황금색을 왜곡하지 않을까? 얼른 생각나는 대로 떠올려본다. 성체감실, 보석 세공, 비잔틴, 후광, 배광…… 연기 속에서, 역시나 연기 나는 향로. 거기서 연기는 점점 사그라들면서도, 수정 같은 단 하나의 별로 빛난다. 그러나 이것은 그보다 더 놀랍고, 더 강하고, 더 단순한, 전혀 다른 빛이다. 성체감실, 향로 같은 단어들을 발음해보지만 정신은 여전히 길을 잃고 헤맨다.

*** 앙토냉 아르토(Antonin Artaud, 1898~1948). 프랑스의 시인이자 연극가. 양차 세계대전 사이 전위극, 초현실주의적인 작품을 발표했다. 이른바 잔혹극을 상연했으나, 대중은 이해하지 못했다. 정신병원에 수용되었다가, 전후 퇴원한 후 곧 사망하였다.

그 자체에 직접 닿아야 한다, 더 깊숙이 그 자체로 들어가서 찾아야 할 필요가 있다. 그래야 훨씬 직접적으로 표현할 수 있으니까. 마치 화살이 꽂힌 것처럼, 시선에 꽂힌 것처럼. 생각하기도 전에 바로, 곧장. 축사에 있는데 별 하나에 꽂힌 것처럼. 아래로는 축축한 어둠, 나무와 지푸라기 색, 짐승 똥(겨울, 비천함)에서 올라오는 수증기, 그리고 위로는 마법 같은 빛. 황금색과 분홍색이라는 단어로 그 빛을 말해보지만, 그다지 어울리지 않는 상과 연결시키니 그 마법을 멈춰 세우고 왜곡하는 것 같다. 차라리 일어나는 불 먼지, 아니면 열린 틈이라고 말해야 할 것이다. 아니, 승천, 현성용이라고, 그러니까 끊임없이 종교적 개념에 살짝 닿으면서 말해야 할 것이다. 살짝 닿기만 해도, 이미 너무 많이 말한 것이긴 하지만. 왜냐하면 그것은 그냥 그것이기 때문이다. 그러면서 항상 여전히 전혀 다른 것이기 때문이다. 왜냐하면 ~것은 있는 그대로의 것이기 때문이다. 땅이, 하늘이, 구름이, 고랑이, 잡초가, 별들이 다 그냥 그것인 것처럼. 현성용, 아니 변모하는 것은 오로지 그것들이다. 상징들이 결코 아니라, 그냥 숨쉬는 세계, 더이상 숨을 쉴 수 없으면 죽는 세계 그것이다.

…하지만 이날 저녁, 훨씬 더 뭉클한, 훨씬 더 비밀스러

운 광경이 날 기다리고 있었다. 길 건너편 지평선, 그러니까 해가 뜨는 방향으로 돌아갈 때, 나는 벽과 지붕 위에서, 몇 그루 안 되는 나무들 사이에서, 저녁에 빛나는 산을, 꼭대기에 거의 눈은 없지만 나무 끝을 따라 눈이 살짝 드리워진 산을 보았다. 나는 지금도 그 산이 내게 어떻게 말을 걸었는지, 무슨 말을 했는지 잘 모른다. 그것은 또 한번 석양의 수수께끼 같은 빛이었다. 투명함, 극한의 긴장, '맑고 투명한'이라는 단어로 떠올려보려 애쓰는 그런 것이었다. 그것은 전혀 다른 것이었다. 그 의미를 정확하게(그러니까 더 소박하고, 더 가깝고, 더 공통의 것인) 전달하기 위해선 천사의 언어가 필요한 것이었다. 마치 공기가 눈에 잘 보이지는 않지만 커다란 맹금류처럼 발톱에 세계를 꽉 매달고서, 아니면 시선에 꽉 매달고서 창공을 선회하는 것처럼. 또는 후광으로만 보이는 램프 주변을 커다란 깃털 바퀴가 천천히 선회하는 것처럼……

정신을 낚아채고, 강탈하여, 반짝거리는 물결 미로 속으로 끌고 가는 풍경들. 이 간헐적 램프에 다정하게 시선을 둘 때만 보이는 풍경들. 이 램프를 누가 들고 있는지 모르겠지만, 가끔 이 램프가 보이기가 무섭게(지나친 환각일까?), 이미 다른 강가로 가 있는 램프. 오래전 잠든 몸에 빛을 던지는 램프……

나는 보자마자, 아니 보기도 전에, 풍경들이 달아나면서 나를 끌어당기는 것을 느꼈다. 그것은 마치 『천일야화』 같은 너무나 아름다운 동화를 읽으며 느꼈던 것과 같았다. 가령 아메드 왕자는 자신이 쏜 화살을 찾을 수 없자, 계속해서 더 먼 곳까지 수색을 이어가다 마침내 요정의 저택이 숨어 있는 저 메마른 곳까지 가게 되었다. 그와 마찬가지로, 나의 발걸음만이 아니라 나의 생각, 나의 시각, 나의 몽상도 빛이라기보다는 말言, 그러니까 때로는 시 자체와 유사한, 끊임없이 달아나는 어떤 것 속으로 딸려들어갔다.

내가 이 부름을 들었다면, 최고의 나였을 때라고 생각한다. 그래서 그 부름으로부터 멀어지게 할 수도 있는 소리들은 나도 하나하나 차례로 무시하면서, 결국 오로지 이 부름에만 나를 맡기게 되었다. 나를 만류하는 그 소리들 때문에 여기서 더는 지체하지 않으련다. 그 반론들이 설득력이 있고 권위적이며 강압적이긴 하나 내겐 다 헛되어 보이기 때문이다. 반면 저 멀리 있는 말은 매개하는 것 없이 직접적이고 집요하며 완강하다.

무매개성: 내가 애착하는 건, 결정적으로 이것이다. 이것은 내 인생에서 의심을 사지 않은 데 성공한 유일한 지침이기도 하다. 왜냐하면 그것이 당장 내게 주어졌다가도 나중에 다시 돌아오기를 멈추지 않았기 때문이다. 그것은 피상적으로 반복되지 않았고, 늘 생생하고 강렬하고 확고한 주장처럼, 매번 놀라운 발견처럼 돌아왔다. 더욱이, 그 힘을 잃지 않는 이 지침을 이제서야 더 잘 이해하고 있는 것 같다. 하지만 그것을 도식으로 요약하는 것은 불가능하다. 총체를 다 파악할 요량으로 만드는 도식 말이다. 게다가 정말 살아 있는 진실은 도식으로 축소될 수 없다. 도식은 여권일 뿐이니, 어떤 나라에 입국하기 위해서는 여권이 필요하지만, 그 나라를 제대로 발견하는 일은 각자 알아서 해야 하는 것이다. 생각해보건대 결국, 핵심이 되는 본질적인 것은, 어떤 우회를 통해 알게 된다. 그러니까 약간 비스듬하게, 거의 달아나듯, 피하듯. 아니, 이 핵심이 되는 본질적인 것 자체가 어떤 식

으로든 항상 달아나는 것, 피하는 것일 수 있다. 누가 알겠는가, 심지어 죽음을 피해 달아나는 것인지도.

지금도(여러 해가 지나면 서서히 닳아 없어지겠지만), 처음 내가 느꼈던 강렬한 느낌 그대로 다시 느껴지기도 한다. 곧장 내 안에서 그 느낌은 이런 단어로 번역된다. '천국'. 여러 가지 고려해봐도, 이건 완전 터무니없는 번역이다. 하지만 내가 이해해보려고 하는 것은 바로 이것이다. 그도 그럴 것이 이것은 뒤를 쫓아가서라도 알고 싶은 어떤 비밀과 연관되기 때문이다. 내가 터무니없다고 한 것은, 우선 이 풍경에 "젖과 꿀이 흐르는 땅"을 떠올리게 하는 건 하나도 없기 때문이다. 바다나 산처럼 특별히 장엄한 것도 없고, 작렬하는 빛도, 조화도 없으며, 이례적인 차분함도 없기 때문이다. 다른 어떤 곳에 비해 거주민들에게 특별히 더 이상적인 삶의 조건을(제법 비옥하고 매력적이지만 이보다 더한 곳도 있으니) 제공해주지도 않기 때문이다. 마지막으로, 나만의 고유한 삶, 그런 삶의 공간을 만들어주긴 하지만, 그렇다고 내 삶이 완벽한 것처럼 보이지도 않기 때문이다. 요컨대, 우리가 보통 행복이라 부르는 것, 사람들이 '목가적인'이라고 부르기 좋아하는 곳, 아니면 '머물기 좋은 꿈같은' 장소라고 말할 정도로 수많은 사람들을 끌어당기는 곳이 아니라는 것이다. 그러나 적어도 거기에는, 어떤 인상이, 명백히 증명할 수는 없는, 그러나 아주 강렬한 인상이 있었다.

어린 시절의 꿈이었을까? 이런 길 위에서 기적적으로 실현된? 한데 예전에 난 이런 고장에서, 아니 이 비슷한 지역에서도 산 적이 없다. 아니면 어릴 때 『창세기』를 읽으며 내가 상상한 상일까? 아니다, 그렇지 않다. 만일 내가 그걸 생각했다면, 그러니까 '천국'이라는 단어가 내 머릿속에 들어왔다면, 그건 성경과 관련한 어떤 기억이 따라와서는 아니다. 실낙원, 뱀, 케루빔 천사들의 검 같은 걸 떠올린 건 아니니까. 그렇다고 단테의 『천국 편』에 나올 법한 것도 아니다. 반면, 이 단어에서, 뭐랄까 내 머릿속에 우선 번역되는 것은 고양, 완벽, 빛 같은 느낌이다. 그리스라는 개념과도 연관되는. 그림으로밖에 보지 못한 나라지만 그 빛으로 말미암아 나는 비로소, 결코 내가 믿을 수 없을 정도로, 그 빛이 나에게 매우 깊은 영양분을 주었음을 깨달아가고 있다.

그것은 첫번째 연상보다는 훨씬 덜 터무니없는 연상이었다. 그도 그럴 것이 분명 거기에는 지리적 유사성이 있었기 때문이다. 내가 전에, 발레아레스제도*를, 특히

* 프랑스 남동쪽 끝단 오베르뉴론알프스 지역, 드롬에 위치한 도시. 필리프 자코테가 살았던 곳이다.

마요르카섬을 봄에 지나갔을 때(식물들과 꽃들이 만발했다)와 똑같은, 뭔가 통하는, 감동어린 느낌을 받았기 때문이다. 그리냥* 주변에서 내게 말을 걸던, 날 사로잡던 목소리는, 지중해에서 들었던 것과 같은 목소리였다. 하지만 이곳을 걸을 때면 나는 문화나 사상 같은 건 일절 떠올리지 않았다. 개중에 어떤 나라를 선택하겠다는 마음도 먹지 않았다. 그러나 내가 신경을 쓰든 안 쓰든, 그런 요소들은 의식意識에서 좀 멀리 떨어진 곳에서 생겨나 '천국'이라는 단어 주변을 맴돌다가 내 안에 자리잡았다.

이 고장의 어떤 곳이 바로 그런 곳이었다. 입구가 론 계곡 쪽으로 향해 있는 거의 황량한 협곡이었다. 볼 수 있는 것이라곤, 한 농가와 공장으로 쓰였을 법한 길게 늘어서 있는 요새 하나가 전부였다. 지금은 높다란 창문을 통해 텅 빈, 먼지가 가득 쌓인 내실만 보인다. 협곡 저 안쪽, 담쟁이덩굴로 뒤덮인 암석 밑, 커다란 떡갈나무 아래, 샘물 하나가 흐른다. 이 샘물은 벚나무들 사이 키 큰 풀 속에 가로로 길게 누워 있는 몇몇 못들에 그 물을 대준다. 바로 그 옆에 소성당 하나가 서 있다. 그곳은 정말 작은 사원이었다. 그 옆 마을 성당에 가면 이 작은 사원

* 지중해 서부 섬들로, 스페인 자치 지방 중 하나. 주요 도시는 팔마데마요르카이다.

이 기리던 요정들을 위한 제단을 지금도 볼 수 있다. 반쯤 지워진 이 단순한 비문을 떠올리는 것만으로도, 내가 들었던 그 목소리가 아주 멀리서 왔다는 것이 이해되고도 남는다. 상상하기 거의 불가능한 그때, 신들이 샘과 나무, 산에서 살았던 그때에서 왔으니 말이다. 그토록 많은 글 가운데 이 구절이 생각날 수도 있겠다.

> 나무꾼이여, 제발 들어봐요, 팔을 잠깐 멈춰봐요
> 당신이 지금 바닥에 쓰러뜨리는 건 나무들이 아네요
> 피가 안 보여요? 피가 뚝뚝 떨어지잖아요
> 단단한 껍질 밑에 살고 있는 요정들의 피가 아닐까요?

아니면,

> 나, 동굴 속에 늙어가던 때, 때때로 잠이 든 키벨레의 꿈속을 기습한 줄 알았다네.

이게 날 잘못된 길로 인도하진 않았을 것이다. '천국'이라는 단어가 둔탁하게나마 나의 성찰을 이 세계 쪽으로 가게 해주었으니까.

그럼에도 불구하고, 이 장소는 태곳적 존재가 돌 비문에 문자로 새겨져 가시적으로 머물러 있던 거의 유일한 곳이었다. 게다가…… 아, 아니다, 이곳은 땅을 파면, 손이 조약돌이나 나무뿌리만 아니라 다른 것도 그러쥘 수 있을 것 같은 (유명하거나 소박한) 폐허의 고장은 아니다. 나는 고고학자의 정신을 가지고 있지 않다. 그래서 유적을 쫓아 달려가지 않는다. 하지만 아직도 몽상을 하듯 산책을 하면서, 농부들이 텃밭과 정원에서 쓸 연장을 보관하기 위해 지어놓은 작은 건물들을 보면서(분명 그리 오래된 것은 아니다. 아마도 17세기로 거슬러가볼 만한 모델을 따른 것일 게다. 뭐 이게 중요한 것은 아니지만), 또 그토록 겸손한 목적으로, 그토록 잘 지어진(오늘날 봐도) 것들을 보면서 감탄할 뿐 아니라, 또 한번 바로, 그리고 터무니없게도, 나는 이른바 델포이의 '보고寶庫'라 부르는 것을 생각하고 있는 것이다. 일단은 그렇게 말해보지만, '보고'라는 것이 정확히 무엇인지는 잘 모른다. 그런 게 정말 있기는 하는지, 내가 다른 것과 혼동하지는 않았는지, 그런 연상이 가능하긴 한지 모른다. 어쨌든 이 작은 건물들은 그리스 수사학적인 형태의 건축물을 떠올리게 했다. 다시 말해, 그것은 무엇보다 절도, 즉 완벽한 절제, 그리고 이어 그리스의 위대함, 그 위대한 제한, 또는 신성한 내공과 장악력이었다. 이로써 이를 거처 속으로, 땅 위로 내려오게 하는 데에 이르렀다. 그 힘을 앗아가거나 그 비밀을 파괴하지 않은 채……

눈에 가장 잘 보이는 것에서 이제 가장 덜 보이는 것으로 가야 한다. 그것이 가장 계시적이고, 가장 진실한 것이기 때문이다. 이 고장은 벽의 고장이다. 마을은 대부분 성벽들을 잘 간직하고 있다. 어떤 것들은 높고, 장엄하고, 제법 복잡한 도면을 띠고 있다. 그리고 땅에서는, 길들을 따라, 사유지들 주변으로 마른 돌의 작은 담장이 늘어서 있다. 현장에서 되는 대로 구한 돌이라 그 구조가 변화무쌍하다. 때때론 포석들의 가장 짧은 변이 위로 세워져 일렬로 서 있다. 처음 그렇게 세워진 이래, 꼿꼿이 선 모습 그대로 있을 수는 없었겠지만(바로 그 위로 사이프러스 나무들이 밤의 조각인 양 가만히 서 있다). 이는 길가에 선, 침울하고도 경건한 하나의 현존이다. 2월 혹은 3월이면 그뒤 아몬드나무들 사이로 서광이 비치고, 우리들의 가장 은밀한 기억을 뒤흔들어놓는다. 게다가, 벽의 돌들이 판막처럼 얇아져, 조직의 질료, 그러니까 혈관이나 섬유 다발처럼 보인다. 비스듬하거나 세로로 줄을 맞춘 돌들이 이 벽들을 에워싸고 있다. 그런데 이 돌들은, 울타리나 경계석에 세우는 벽처럼 아주 단순하다. 그 상당수는 그리 옛날 것도 아닌데도, 요새나 사원의 기단처럼 아주 오래된 옛 기념물이 아닌가 하는 생각이 들기도 했다. 그 아름다움은 내 마음에 아주 신비롭게 남아, 정의를 내려보기 위해 조금 더 탐색을 하다보면, 결국엔 다시 이 돌들을 희생 제단이나 신들의 돌과 연관시키게 될 것이다. 필연적으로 기본에서 되찾아야 하는 것이 바로 이것이라는 것처럼. 여기서 기본이란 우리 이야기의 시작점만이 아니라 우리의 생각과 우리의 꿈의 하부이기도 하다. 우리 삶을 어떤 식으로든 계속 이어가게 하는.

태양 아래 돌담 밑에서, 난 신들이나 신화 속 영웅들의 조각상, 그리고 아마 대개 반쯤 잘려나갔겠지만, 몇몇 단어들이 새겨진 주화를 찾아낼 수도 있겠다고 상상했다(그리고 알곡을 화폐로 쓰던 시절, 그래서 화폐에 말을 새길 수 없던 시절이라면, 난 나의 시가 땅속으로부터 다시 올라온 메달에 새겨진 말 같은 것이라면 좋겠다고 생각했다. 엠페도클레스 메달에는 가령 이런 문구가 있다. "에테르는 솟구치면서 다양한 형태를 띤다. 그리고 땅 밑에 그 긴 뿌리가 박혀 있다." 파르메니데스 메달에는 "빌려온 빛이 밤 동안 땅 주변을 어슬렁거린다"). 하지만, 이건 그런 경우가 아니었다. 아니 꼭 그럴 필요도 없었다. 이렇게, 부정의 부정을 하면서 나는 그래도 이 풍경들에 관한 어떤 발견에 다가가고 있었다……

다양한 기호들, 님프 요정들에 바친 제단 같은 실질적인 기호들, 또는 부분적으로, 아니 전체적으로 상상에서 비롯된 다른 기호들(이게 훨씬 많다)은 이제 정신을 시공간의 어떤 한 점으로, 그리스로, 고대로 향하게 한다. 추호도 박학 또는 추상적 사유의 움직임 속으로 들어가게 하려는 것도 아니고(현재보다 더 나은 시간이 과거라 그리로 회귀하려는 것은 더더욱 아니고, 만기가 지난 시간 속으로 도주하려는 것은 더더욱 아니고), 방법론적인 태도 또는 전적으로 이성적인 태도를 취하려는 것도 아니다. 외부 세계 속에 감춰져 있다고 내가 짐작하곤 하는 지침은 발설되어도 흐릿할 수밖에 없다. 들렸다면, 들린 그대로. 이런 장소 내부에는 하나의 숨결이, 아니 하나의 속삭임이 있다. 그것은 가장 옛것, 아니 완전히 옛것, 그래서 동시에 가장 새로운 것, 가장 신선한 것이다. 신선해서 애절하고, 늙어서 애절하고. 두말할 필요 없이, 나는 님프 요정들이 돌아왔다고도, 심지어 그들이 눈에 보인다고도 믿지 않았다. 나는 기도문을 중얼거리지도 않았고, 그리스 찬가를 부르지도 않았다. 다만, 제법 가까운 하늘 아래 비슷한 곳들에서 2천 년이 넘는 세월 동안 말해왔던 어떤 진리가, 내가 보았거나 읽었던 작품 속에서(다행히도, 학교에서 배워 그런 광채가 어떤 것인지 나는 느낄 수 있었다) 표현되었던 그 어떤 진리가 작품에서만이 아니라 이 지점에서, 이 지점의 빛 속에서, 묘한 연속성을 띠고서(역사 속 양상들은 이를 우리에게 숨기지만) 계속해서 말해오고 있었던 것이다. 너무 자세히 말하고 있는 것일까? 완전히 정확하기 위해, 나는 그리스의 상을 상기한 것일 뿐, 이제는 지워야 할 것이다. 기원, 기초만 현재하도록. 이어 이 단어들도 멀리할 것이다. 그리고 마지막으로, 다시 풀로, 돌들로, 그리고 오늘은 공기 중에 맴돌지만, 내일은 사라질 연기로 되돌아갈 것이다.

이렇게, 내가 원하지도 찾지도 않는데, 순간순간, 내가 되찾는 나라는 이런 나라다. 아마도 가장 정당한 나라. 마법적 시간의 깊이를 내게 열어 보이곤 하던 장소. 만일 내가 '천국'이라는 단어를 생각했다면, 그건 또한 아마 그런 하늘 아래서 더 잘 숨쉴 수 있기 때문이었을 것이다. 태어난 땅을 되찾은 그 누군가처럼. 중앙으로 들어가기 위해 주변부를 떠날 때면, 훨씬 차분해지고, 마음이 놓이고, 사라질지 모른다는 불안감이, 혹은 살아봤자 헛것이라는 불안감이 덜해진다. 내면의 눈에 보이는 '열린 틈들'은 둥근 구의 광채처럼 수렴한다. 이 열린 틈들은 간헐적으로, 하지만 고집스럽게 저 부동의 핵을 드러낸다. 이것들을 향해 몸을 돌리면, 저 태곳적의 신성한 숨결(도덕이나 종교에서 말하는 것을 참조할 필요 없이)을 붙잡을 수 있을 것 같다. 바로 그래서, 시에 충실한 자로 남을 것이다. 그 신성한 숨결에서 발산된 것 중 하나가 시일지 모르므로.

내가 역설하는 이 풍경들은 따라서 고고학자의 호기심에서 나온 박물관도 아니고, 범신론적인 숭배 의식을 벌일 사원도 아니고, 자연이라는 이름으로 다소 지나친 감정 토로와 함께 낭만주의가 숭상하는 것도 아니다. 이 풍경들은 그저 나에게 아직도 어떤 힘을 감추고(더이상 최소한의 기념비도, 최소한의 유적지도, 인간의 과거가 남긴 최소한의 흔적도 없지만) 있는 것처럼 보였다. 그 힘은 아주 예전에 이 기념비들 속에 번역되어 있었을 것이다. 그렇다면 이번에는 내 차례가 되어 그것을 거둬들이고, 새롭게 다시 눈에 보이도록 해볼 수 있을 것이다. 아마도 신성이 그곳에서 그토록 확고부동하게, 순수하게…… 하지만 소리도 없이, 번득이는 빛도 없이, 증거도 없이, 그저 흩어진 것들로 말했다는 것을 입증할 만한 신적 표식이 더이상 없기 때문이지 않을까. 이 작은 시의 끝에서 말하고 싶은 것이 바로 이것이다. 나무들 사이에서 시선은 초록의 동굴로부터 다른 동굴로 나아가는 것 같다. 저 먼 신비로운 곳에 이르기까지. 이전의 다른 저 옛 시대에는 어떤 신성을 기다리며 거기에 비석을 놓았을 것이다.

아마도, 이젠, 비석 같은 건 없다.

더이상 부재를, 망각을 언급할 것도 없다……

(고백하자면, 이건 너무 급하게 말해진 것, 순식간에 사라지는 몽상의 속임수일 수 있다. 아마도, 침울이 너무 깊어 이런 말도 공허하지만……)

급기야 그림들이 내 머릿속에 환기된 것은, 그 그림들이 그와 유사한 경험을 드러낸다고 생각했기 때문이다. 르네상스 화가들은 고대의 은총을 되찾으며 자신들이 살았던 그 장소에 님프 요정들과 폐허가 된 사원과 사티로스와 신들을 그려 살게 했다. 나는 바쿠스제의 그 떠들썩한 힘에도 파르나소스제의 그 차분함에도 모두 자극되었다. 말하자면, 이런 작품들을 통해, 가장 부드럽고 뜨거운 우리의 몽상이 어떤 힘을 갖게 되는 것 같았다. 추억의 저 기단에 놓인 상들과 비슷해지면서 매력이 더 증대되는 것 같았다. 또한 이와 똑같은 힘이 이 시기 작가들의 산문과 시에 나오는 옛 이름들에 부여된 것 같았다. 이것이 바로 영원불멸할 욕망의 형상들이었다. 이들은 미약하게 튀어나와 길을 잃고 헤매다가 고립된 현재 속으로 유령처럼 사라지는 대신, 그저 좀 낯설 뿐인 외양의 장신구를 걸치고, 기억의 옷을 입고, 기억으로 섭생하여, 역설적으로 가장 오래된 고대의 샘물 속에 몸을 담금으로써 다시 젊어졌다. 시간이라는 고통스러운 거리, 바로 이 거리를 이 형상들이 무지갯빛으로 아롱거리는 아치처럼 훌쩍 건너게 해주었다. 아니면 이 거리를 찬란하면서도 친숙하게 느껴지는 그윽한 깊이로 바꿔주는지도. 결별로써 다시 이어지는 관계처럼……

어쨌든, 나는 이런 작품들 앞에서 어떤 인상을 느낄 수밖에 없었는데, 그것은 뭐랄까 항상 가벼우면서도 연극적인 것이었다. 왜냐하면 이 작품들이 표현하는 진리가 우리 시대의 진리이기를 멈췄기 때문이다. 세잔의 풍경을 바라보며 나는 나를 둘러싼 풍경을 되돌아볼 수 있었다. 그때 그러니까 그 풍경들에 둘러싸여 그것을 되돌아볼 때, 난 이렇게 말하곤 했다(내가 본 걸 '증명'하는 것도 쉽지 않지만). 산들, 집들, 나무들, 바위들밖에 남지 않았고 세잔이 그린 그 특유의 형상들은 이제 다 달아났는데, 기원의 은총은 더욱더 현재하고 있군. 때로는 세잔이 거기에 목욕하는 여자들을 그려넣었다면, 물론 알고 그렇게 한 것 같지는 않지만, 사실상 빛의 어떤 질서 외에는 다른 것을 전혀 필요로 하지 않는 것을 그려보고 싶었던 것이겠지. 그가 이때 조금 어설펐다면, 몽상에 젖은 듯 헤매기 시작했기 때문일 테고. 아마도……

오늘은 더이상 장면들도, 형상들도 없지만, 그렇다고 사막은 아니다. 이제 마치면서, 나는 그림 하나를 더 생각한다. 브뢰헬의 〈이카로스의 추락이 있는 풍경〉이다. 여기서 쟁기꾼은 너무나 가까이 있고, 주인공은 거의 식별이 불가능하다. 이 그림을 보면서 나는 이제 시선의 새로운 세기가 열리는 것을 본 것 같았다. 우리의 일상적인 일들과 가장 대담한 꿈들은 이제 세계의 화면 위에서 쟁기질로 만든 그 흙의 너울, 빛나는 눈물 한 방울의 추락, 무덤이 되고 말 강물 속에 잡힌 약간의 고랑과 그 홈일 뿐이다.

문턱에서

채광창 지붕 같은 나무들 아래로, 이 은신처 안으로 들어오자, 태양은 이제 더이상 따갑지 않았다. 절대 닫혀 있던 적 없는 집안에는 서늘함과 그 향기가 서로 뒤섞여 있었다. 하늘이 잎들 사이로 내려온다. 소나무 아래, 그늘은 두께 없이 있다. 이것은 새들의 야영지다. 새들의 비상은 불쑥, 징징대듯 보이다가, 이어 제법 빨리 나는데도 나무 몸통 사이에서는 도리어 차분해 보인다. 새들의 비행은 절도 있게 지워지며 이뤄진다. 아니, 마치 자기 집안을 걸어다니는 것 같다.

제법 가파른 오르막길 반쯤 높이에 소나무들이 있고, 바로 그 아래에 오솔길이 슬쩍 이어지는데, 거기 땅이 파여 뭐랄까 형태가 불분명한 참호 같다. 그리고 그 끝에

좁은 벽이 우뚝 서 있다. 아니, 그것은 벽이라기보다 바위, 완전 울퉁불퉁한 바위로, 이끼가 덮여 바위는 보일락 말락 한다. 이건 아주 오래된 문 같다. 왜냐하면 샘물가처럼 벽 아래쪽에, 출구가, 입이 있기 때문이다. 바닥에는 낙엽이 쌓여 있어, 자칫 발이 미끄러질 수도 있다. 며칠 동안 무성한 눈이 내린 후, 해빙이 되고 다시 비가 오는 몇 주가 지났다. 그러자 그 입이, 다시 말을 하였다. 아주 오래전, 그러니까 내가 이 문턱에서 멈춘 이래 처음으로.

그래서 갑자기, 기대도 하지 않았는데, 여러 개의 물방울 소리를 듣게 되었다. 그걸 보기도 했던가 지금은 잘 모르겠다. 그걸 보았다는 상상이 들 정도로, 그 물방울 소리는 정말 수정 같았다. 차갑고, 신나고, 아주 작지만 여러 개고, 투명했다. 부드럽고 어두운 이끼 바로 밖으로 튀어나왔다. 바위 높이가 달라 종이 여기저기 흩어져 있는 듯, 아주 미미하나 분명한 종소리가 울려퍼졌다. 뚜렷한 순서 없이 아무렇게나 신나게, 꼭꼭 숨어서 땅의 표면에 대고 뭐라고 말을 하는 것 같았다. 그러니 걸음을 멈추지 않을 수 없는 것이다. 누가 말을 하는 듯도 하니 무릎을 꿇진 않아도 조용히 하지 않을 수 없는 것이다. 그저 입을 다물고, 미소를 지을 뿐이다. 마치 이따금, 머릿속이 캄캄한데 갑자기 불이 켜지며 추억이 떠오르듯. 그

음들은 그 수가 많지도 않고 급하지도 않았기에 기다리며 들을 수 있을 것 같았다. 그사이에는 일정한 시간이, 그러니까 불규칙적인 간격이 있었다. 어떤 딴 세계에서 온 말들 같았다. 들을 권리가 겨우 있을. 우리에겐 너무 밝고 분명한 하늘에서 땅으로 내려온 말. 우리 바로 가까이서, 아니 또한 저 멀리에서, 저 내세에서 동그랗고 밝게, 결연하게 "예" 하듯. 샘물들의 우화.

모든 것을 다 담고 있는 어둡고 단단한 두께. 기단의 돌, 받침돌. 그 위 갈색, 이 불그스름한 색, 검은색, 오돌토돌한 혼합, 다소 무겁고 촘촘한 아말감. 썩은 것들이 바로 씻겨나가고, 정리되고, 정화될 것 같은. 거기 길게 누워도 될 만큼 따듯하고, 부드럽고. 몸을 맡겨도 될 만큼 안정적인. 겨울에는 김을 뿜어대고, 여름에는 비단과 다마스 천, 벨벳으로 덮이는 침대. 거기서, 갑자기, 표면 밖으로 스며나오며 저 깊은 안쪽에서 태어나는 그것. 마치 진주가 진주모에서 만들어지듯, 식물이 대담히 나아가듯, 새싹이 보석이 갑자기(혹은 느닷없이) 어느 날 벌어지듯 바로 그렇게 벌어지는 물방울, 소리만이 들리는. 물로 꽃핀 땅. 물이 어느 날, 싹을 내밀 땅.

이 문 앞에 서 있다. 이 태곳적 돌계단에 발을 대고. 문이 무너지면 당신은 바스러질 것이다. 새벽 기도를 듣는 순례자처럼, 그러나 전혀 모르는 공간에서 울리는, 이름이 아직도 없는 신을 위한 기도. 어디 있는지 모를 목소리들의 대화를 난생 처음 들어보는 것 같다. 바로 옆에서 들리는데, 어디서 나는지 그 위치를 정확히 파악할 수가 없다. 그렇다면 아이들이어야 할 텐데. 노래하는 한 아이. 어쨌거나, 완전히 다른 것이다. 그게 없다면 거리도, 공기도, 움직임도 없게 될 완전히 다른 것. 찢어지며 부르는 저 아득한 것. 전설 같은 샘물. 물 다락방에서 흘러넘친 잉여.

숲과 밀밭

다가올 저녁만큼이나 차갑게 식은 잉걸불 같은 색으로 겨우 그려진, 좀 산만한 선들의 모랫길을 걷는다. 떡갈나무숲 앞에 이른다. 숲 가장자리에 작은 까마귀 깃털들이 엉기게 달라붙어 만들어진, 별처럼 생긴 것이 걸려 있다. 아무도 없이. 벌써 들판의 일꾼들은 식사하고 있거나 어쩌면 자고 있을 것이다. 이들은 몽롱한데, 밖에서는 비물성의 것들이 깨어나고 있다. 낮이 숨겨놓은 것들이다. 아무도 없이. 하지만 이 작은 숲에는 항상 누가 살고 있는 것 같다. 설령 그것이 부재일지라도. 검고 텁수룩한 새들을 지켜주는 별. 아니면 적어도 새들의 놀이터라도 되어주는 곳. 그것도 아니면 들어가는 장소, 문턱을 넘어야 들어갈 수 있는. 경외, 아니면 그 비슷한 동요 없이는 넘어갈 수 없는 문턱.

동그라미. 터. 침묵하며 시간이라는 밀을 타작하는 곳이라 말해볼 수 있을까? 그런데 이 그늘 속엔 밀밭의 그 황금빛 흔적은 없다.

녹색, 검은색, 은색…… 어떻게 말해야 할까. 어떻게 해야 정확한 음이 만져지지? 안에 있는 음. 드리아드……* 이런 이름이 들리나? 옛날 옛적 정말 이 나무 몸통 색처럼 생긴 수목의 요정 드리야데스들이 살던 곳이었으니까. 이 나무는 축축하고 무성하다. 바닥은 어둡고, 나무는 빛난다. 나이아데스의 자매인 이 요정들은 물과 숲의 본원적인 혼합을 연상시킨다. 하지만 이것만으로는 이 숲이 다른 숲과 무엇이 다른지 충분히 잘 구분되지 않는다. 다른 숲에서도 비슷하게 달아나는 것을 목도한 적 있으니까. 난 그것을 아직도 보고 있다. 내 기억 속에서, 녹색, 검은색, 은색…… 이 세 가지 색이 여기 함께 있다. 나는 그들이 하나의 의미를 가진다는 것을 의심치 않는다. 이 나무들 발치에는, 맨땅이 있었던 게 아니다. 잔디처럼 거의 깔끔한 풀이, 그래, 적어도 내겐 그렇게 보였

* 드리아드(dryade) : 요정 '드리야데스'로도 통용된다. 인도유럽어 drew, 그리스어 drŷs에서 파생했는데, 독일어로는 '견고하고 단단한'을 뜻하는 treu로 변형되었다.

다. 은빛, 모랫빛 문장紋章의 초록빛…… 그러나 이 나무에는 무기 같은 건 달려 있지 않다. 나는 아직도 바라본다. 검은색에 갇혀 있는 이 녹색. 은빛은 푸른 기가 돈다. 나무 몸통은 성벽의 오래된 돌을 닮았다. 그 위 잎사귀들은 그림자처럼 있다. 아마도 우린 통기가 잘되는 동굴의 문턱에 와 있는 것 같다. 저 깊숙한 폭포까지 다 말려버릴 정도로 바람이 잘 부는.

서서히 나는 진리를 엿본다. 이 숲속에서, 색들은 사물의 외양도 아니고 장식도 아니다. 이 색들은 그저 새어 나온다, 광채가 나오듯이. 불타며 지나가고 변해가는 것들의 방식이 아닌, 훨씬 느리고, 차가운 방식이다. 중심에서 올라온다. 저 안쪽에서 무궁무진 솟아나온다. 푸르스름한 태선苔蘚들로 뒤덮인 이 탄화된 몸통, 마치 거기서 빛을 내보내는 것 같다. 나를 놀라게 하더니 그냥 빠져나가면서, 가만히 머물러 있는 것도 같은 이 빛. 내 생각엔 이 빛은 아주 늙었을 것이다. 더이상 나이를 셀 수 없을 정도로 많이 늙었을 것이다. 나는 이 빛을 무턱대고 아무렇게나 말하고 싶지 않다. 탐색하는 우회가 있어야, 계속해서 반짝이는, 계속해서 달아나는 이 빛을 볼 수 있으니까. 이 빛은 청록색인가? 바다에서 본? 아니면, 깜깜한 빛? 어둡고 창백한, 죽음을 떠오르게 하는? 이 단어 하나하나가 내 머릿속에 괜히 떠오르는 건 아니다. 그럴 법한, 지시하는 개념은 있다. 그러나 그 개념은 이 떡갈나무숲보다 접시에 담은 요리에 향을 더하고자 놓는 풀들에 있을 것이다.

그런데 만일, 부드러운 어둠 속을 내가 지나가다가 단지 지난 저 옛날을 낮은 소리로 이야기하며 양처럼 모여 있는 음영을 본 것이라면? 안개인 줄 알았다가 풀 속에 있던 그들의 발자국도 알아보지 못한 채. 아니면 그 빛은 단지 멀리 있는 것일까? 그 어떤 것도 접근할 수 없고, 먼 곳 그 자체인 빛을 그 간격 속에 남겨둬야 하는? 신들이 사는 요새 주변에 둥글게 테를 둘러 절대 닿지 못하게 하는 것처럼?

우리가 이 나무 아래로 들어가 그저 멈춰 있고 싶은 것은, 신들이 거기다 울타리를 만들었기 때문이다. 거기 움직이지 않고 가만히 있으면서, 듣기만 할 뿐 아무것도 하지 않을 것이다. 아니, 그것조차 하지 않을 것이다. 그래야 그들 모임에 받아들여질 것이다. 그래야 공기가 하얗게 묻은 포도를 맛보고, 눈을 유리잔째 마실 것이다. 그래야 음영 무리를 앞장세운, 디아나를 불시에 만날 수 있을 것이다. 물속의 하이얀 젖 같은.

결코 들어가지 못할 이 숲보다 더 먼 곳에 제법 넓은 협곡이 파여 있다. 그날 저녁은 밀밭 가장자리까지 협곡이 펼쳐졌다.

며칠 전, 나는 벌써 다 말라 때론 깃털 같고 때론 짚의 작은 뼈 같은 잔디를 바라보았다. 움직이는 깃털 장식, 가벼운 풀 뼈들. 그것은, 보라색을 띤 나무들로 에워싸여 부풀면서 올라오는 나일강의 건조한 밤과는 완전히 다른 것이었다!

구리, 금…… 하지만, 우린 은행 창구에 와 있는 것도 아니고, 병참기지에 와 있는 것도 아니었다. 그보단 아까는 달을 떠올렸으니 지금은 태양이라 부를 것이다. 그런데 갑자기 수확하는 들판이 생각났다. 파리가 달라붙어도 아랑곳하지 않고 땀을 흘리며 일하는 말들. 하루종일 일해봤자 큰 빵 한 조각이 전부인. 오후 4시 호두나무 아래 하얀 사발이 눈부신. 들판이 부풀며 올라온다. 시야가 흐려진다. 둘씩 짝을 지어 일제히 달려온다. 수증기 자욱한 땅 외에 다른 식탁도, 다른 침대도 없다. 식탁보도 침대 시트도 같은 주름, 같은 얼룩이다. 젖지 않은 털 하나 없고 폭풍 같은 강철에 꺾이지 않을 힘 하나 없다.

내가 들어선 그 많은 길, 내가 피해간 그 많은 길. 덜 추억하고, 덜 꿈꿀 필요가 있다.

멀고도 깊은 어떤 것이 지나간다. 수면중에도 계속되는 노동. 땅은 표면과 덩어리, 색들로 이뤄진 그림이 아니다. 자기 것이 아닌 다른 인생을 그리기 위해 사물들이 동원되는 연극도 아니다. 나는 행위를 목도한다. 물이 흐르듯 흐르는 행위를. 그 정도는 아니라면 그래도 정말 거기 있을 법한 어떤 것. 아마도, 그것은 환영은 아닐 것이다. 우리의 배회하는 움직임과도 다를 것이다.

그림자, 밀, 밭. 그리고 땅 아래 있는 것. 나는 모든 게 가라앉고, 멈추는 중심 길을 찾는다. 나를 감동시키는 것들이 훨씬 그에 가깝다고 생각한다.

밀을 가득 실은 컴컴한 배. 나는 그 배에 올라타고, 그 다발들에 섞여, 어두운 강을 타고 내려간다. 물위의 흔들리는 곳간.

아무 말 없이 나는 배에 몸을 싣는다. 우리가 어디로 흘러가는지 나는 모른다. 불이 다 꺼졌다. 나는 더이상 책이 필요하지 않다. 물이 인도하니.

물결치는 대로.

그런데, 아무것도 멀어지지 않는다. 아무것도 움직이지 않는다. 밤이 기울었는데도 아직 밝고 뜨거운, 드넓은 곳. 몸을 덥히기 위해 들판 위로 손을 내밀고 싶다.

(열기가 너무 강해, 이젠 붉기보다 눈雪의 색을 띤 열기.)

고요함과 뜨거움 속에 있다. 아궁이 앞에서. 나무들은

비단으로 덮여 있다. 도가머리들은 잔다. 벌써 주름 잡히고, 더러워진 손을 불 쪽으로 내민다. 아이들은, 갑자기 말을 하지 않는다.

그래서 낮을 밤에 꼭 붙들어 매기 위해 금빛 기운이 필요하다. 찢어지지 않고 함께 버티기 위해 사물들은 이 그늘(혹은 여기서는 이 빛)을 서로에게 드리운다. 잠든 땅이 하는 작업이 이것이다. 우리가 지나가기 전에는 꺼지지 않을 등불.

튀르키예 멧비둘기

새벽의 요람일까? 그것은 적어도 우선 색들, 색들의 둥지. 갓 태어난 하루가 모아놓은 것처럼 가늘고 부드러운, 그러나 다 다른 색. 아니 색이라기보다는 뉘앙스, 균열 없는 그러데이션. 대지와 젖이 섞인, 아니 둘이 인연 맺어 생긴 구름. 청석돌 목걸이를 하고 선잠 든 구름. 농부의 방 저 안쪽 둥지에 누운 구름. 연기 속의 연기 매듭.

그러나 벌써 눈이 간파했다. 이것은 또한 따듯하고 살아 있는 몸, 젖빛 대지의 곡선. 숨을 쉬는 목, 부드럽고 우울한 깃털. 자는 걸까. 그 숨결 속에 잠든 구름. 구름, 아직도 더 혼미한, 흐릿한 구름.

갑자기 위험의 징후를 느꼈는지, 화들짝 깬다. 꿈에서 빠져나와, 날개를 퍼덕인다. 바람에 흩날리는 속옷처럼 탁탁 소리 나며 휘날리는 깃발. 이 관능적인 비상, 날개처럼 가벼운 깃털 침대, 대범한 권태. 아니, 돛을 편 배인가? 격렬하게 이는 거품, 침대 시트 아래 누워 있는 여왕을 숨겨 싣고 가는 배.

그러나 한밤의 흐릿한 거울, 좀 있다가는, 꿈속 아니면 비몽사몽간 흐릿한 거울 위에 어떤 상으로 나타날지도 모를 너. 너무나 나태한 여인, 쉰 목소리. 하얀 피부에, 창백한 입술 사이로 투명한 이빨이 보이는 여인. 흠칫 놀라니, 여인도 순간 몸을 돌린다. 그러나 서두르지 않는다. 당신을 똑바로 쳐다볼 뿐. 갈색 홍채가 당신을 불태워버릴 수 있다. 하지만 그건 불이 아니다. 용연향 등잔 속에 갇힌 불이 아니다. 다만 그것은 그렇게 오래 켜져 있으면서 다가오거나 스치는 것만을 허락할 뿐인 불, 아니 그 색에 불과하다. 저 먼, 아주 오래된 불의 반사체일 뿐. 그저 그 불의, 상상적 애무일 뿐. 따라서 그것은 그 젖빛 색조로 보아도, 두 겹 갈색 홍채로(이미 눈을 돌렸거나, 눈꺼풀 때문에 홍채는 가려져 있다) 보아도, 그야말로 권태.

튀르키예 멧비둘기, 너무나 그럴 법한 이름. '밤의 노예'를 의미하는 청석돌 목걸이를 목에 걸고 있는 오달리스크.

여명이란 다른 게 아니다, 채비하는 자, 여전히 순수하게, 불타오를 채비를 하는 자. 여명은 이렇게 말하는 자이니. "조금만 기다려줘요, 나 불타오를 거예요." 어떤 큰불의 싹.

그러나 여명은 불이 멀리서만 닿을 수 있는 것. 거리나 시간, 추억에 의해 불에서 떨어져 있는 것. 열기와 거리의 혼합, 끝나지 않고 우리 안에 흐를지 모를 사랑의 기억.

주름 잡힌 주먹처럼 그렇게 불쑥 서 있던 새, 오직 내 몸만이 이 여인 비슷한 것을 꿈꾸었고, 오직 내 몸만이 그 관계를, 그러니까 둘 사이에 있는 단어들을 찾아냈던 것이다.

내가 눈을 가늘게 뜨고 본다면, 당황하지 않고 그림의 세부를 보려는 듯, 그래서 오로지 이 손 위의 작은 빛, 흔들리는 불만을 보게 된다면 내가 맨 처음 느꼈던 그것에 더 가까이 있게 될 것이다. 동요, 겨우 포착할 수 있을 것 같은 계시의 기쁨, 아니면 시간의 문에 살짝 벌어진 틈.

그후, 나는 내 정원에 같은 종의 새가 살고 있는 것을 보았다. 고양이들을 신경쓰지 않고 담장 위를 유유히 걸어가는 것도 보았다. 이따금 새는 가을이 노랗게 물들이고, 환한 빛을 던지는 무화과나무 속에 있기도 했다. 그 어떤 열매보다 아름답고 자유로운 새. 늙어가는 심장, 그 우거진 잎사귀 속 조용한 사유처럼 이 은신처에서 새는 완벽히 고요했다. 그 어디에도 매인 데 없이, 그 특유의 목소리로 이 감미로운 날들을 완전히 흡수하고 번역해서, 흐르게 했다. 완전히 눈을 감았다면, 짙은 물안개로 먹먹해진 폭포 소리인 줄 알았을 것이다.

말하는 것이 불가능할 정도로 완벽히 단순한 그것. 그러나 그걸 보고 난 느낌 뿐이다. 이제까지 이로부터 나를 떼어놓을 수 있을 정도로 강력하고, 치명적인 생각은 없었다. 우호적인 새. 넌 너의 나라를 여행할 뿐이지. 여기 있거나, 저기 있거나. 잠깐 날기도 하지. 아마 밤에는 더 멀리 가긴 하겠지만. 뭘 해도 넌 부족한 게 없다. 마치 세계의 계단를, 땅과 하늘 사이를 올라갔다 내려갔다 하는 음音인 양 넌 절대 밖으로는 나가지 않지. 항상 무한한 구球 안에서, 하지만 자유롭게 다니지. 그 안, 바로 거기, 은빛으로 살랑대는 나뭇가지 가랑이 가까이에 있지. 기다리지도, 도망가지도 않는 너. 1초라도 기쁨을 취하면 굳이 움직여 여행할 이유를 못 찾는 여행자. 어디 가서 앉을까? 어디 가서 멈출까? 빛나는 잎사귀들 속에. 이 잎들은 떨어져 하늘에, 금빛 공기 묻은 10월의 절기에 곧 자릴 내어주겠지만. 가네, 떠나네, 국경을 넘네, 외국을 가네 이런 말들도 갑자기 더는 들리지 않을 테고. 그 빛 속에서 원래 태어날 때부터 입었던 빛 옷을 입고 행복한 너.

못, 갈대, 거품

내가 기억하는 한, 수년 전부터, 거기에는 밭과 초원만 있었다. 아니 물을 기억하는, 한두 그루 버드나무와 몇몇 갈대 무리, 차갑게 엉긴 4월의 수선화들도. 기나긴 비가 내리고 며칠 지나 다시 못이 생겼다. 실제로도 '못'이라 불리는 그곳의 저 안쪽에는 텅 빈 농장의 희끄무레한 벽이 사이프러스나무들에 반쯤 가려진 채 솟아 있었다. 협곡이었다. 바람이 주름살을 만드는 그곳 수면을 보면 사람들은 놀란다. 길 반대편 강가, 갈대밭 발밑의 하얀 선. 거품이 변화무쌍하게 생기다가, 장애물에 부딪히면 이내 물이 꽃처럼 활짝 핀다. 이건 땅이라는 페이지 위에 생긴 전혀 다른, 달아나면서도 새겨지는 선이다. 왜인지 모르겠지만, 이 선은 어떤 비밀을 내밀 준비가 되어 있는 것 같다. 그게 아니라면, 이게 어떻게 우릴 멈춰 세울 수 있겠는가? 그래서 가만히 쳐다보고, 꿈꾼다. 이게 꼭 독서나 탐색 같은 건 아니다. 상들이 왔다가 그냥 가게 내버려두는 것이다. 머릿속에 처음 제시되는 상들이 반드시 가장 단순하고, 가장 자연스럽고, 가장 정확한 것은 아니다. 외려 그것들은 다른 사람들이 만든 것, 그러니까 기왕에 만들어진 것으로 당신 머릿속을 떠다니며, 바로 쓸 수 있는 것들이다.

나는 생각한다. 못은 동이 틀 때 풀 장롱에서 꺼낼 수도 있는 거울이라고. 거품은 이제 막 옷을 벗은 여인의 발밑에 떨어져 있는 속옷이라고. 우아한, 흔들리는 목가 하나가 이렇게 불이 붙듯 욕망으로부터 생겨난다. 내가 포착한 가장 단순한 것들 위로 알아차리기도 전에 포개지는 목가. 이 흐름을 따라가다보면 시(일종의 마드리갈. 전통적인 마드리갈 시라기보다, 자연스레 이를 구실삼아 가장 야생적인 맛을 끌어낼 수 있는 시)를 쓸 수도 있었을 거라 상상한다. 내 감정이 그 순간, 불타는 살색이 사라지자마자 이내 장밋빛이 되는, 적어도 그런 색이 아니었다는 걸 진작에, 어렴풋이라도, 알았다면 말이다. 내가 방금 시의 규칙('표류된' 상이 위험하다는 규칙)을 끌어냈던 경험의 실상이 이렇게 드러난다. 상호보완되면서 반복되는 더듬거림이 정당해진다.

따라서 나는 만일 그 거품이 나의 마음을 움직였다면, 우선 그 자체로서라고('거품'이라는 이름이 붙을 수밖에 없는 것 자체지, 다른 어떤 것과 비교해서가 아니라고) 짐작해본다. 이어, '깃털'(공고라*를 최근 읽고 나서 더 강해진 환기) 아니면 '날개' '갈매기' 같은 단어나 사물을 환기하는 건 그다음, 배경처럼 두번째 차원으로 물러난다. 마찬가지로, 물이 나를 끌어당기는 것은 그냥 물이었기 때문이지, 거울 같은 것이어서는 아니었다. 분명 물 그 자체가 우리에게 말을 한다(우리가 누구냐, 그 물이 무슨 물이냐에 따라 조금은 달라질 수 있지만). 거기서, 물은 나에게 독특한 고집과 특별한 은총으로 말을 하고 있었다. 내가 아무것도 기대하지 않았던 곳에서, 물이 잔존하고 있을 줄은 몰랐던 곳에서(알라딘이 깜짝 놀라 눈을 문지르며 깨어난 궁궐처럼). 이렇게 뒤섞여 있는 것을, 아름다운 풍경이나 대지에서 본다면, 부당한가?

그래서 이렇게 나는 다시 더듬거리고, 비틀거리며, 상들을 받아들이면서도 따로 떼어내고, 엄격히 보아 내재적인 것 같지 않은 기호는 제거한다. 일단 제거하고 나니 그 신비 속에 은신하게 두는 것이 더 좋았지 않았을까

* 루이스 데 공고라(Luis de Góngora, 1561~1627). 16~17세기 스페인의 바로크문학을 대표하는 시인.

두렵기도 하다.

오늘 아침, 물은 풀을 덮고
거품은 갈대들로 돌아온다,
바람에 밀린 깃털!

핵심적으로 보이는 요소들만 취하고 그것들을 서로 간의 상관성에 따라 놓으려 하기. 이런 경솔함에 질겁하여, 그것들은 돌아서서, 사라진다(그래서 그나마 그 외양이라도 건진 상으로 돌아가고 싶어지는 것이다). 낙담하지만 동시에 안심이 되기도 한다. 기호가 도망갈수록 환상이 아닐 확률이 더 높아지니까.

물을 보면 거의 자동적으로 그 신선함과 순수함에 대한 암시를 받아 온 존재가 갈증을 해소하는 듯한 감각에 사로잡히게 된다는 것을 너무도 잘 알고 있다. 그러나 또 이런 암시가 사물로부터 따로 떼어져 추상화되어서는 안 된다는 것 역시 너무나 잘 알고 있다. 그냥 내부에 머물러 있어야 한다. 텍스트 안에 숨겨져 있어야 한다. 다소 숨겨져 있다는 조건 하에서만 암시는 작동할 수 있다. 그렇지 않으면, 그저 이성을 건드려 받아들이거나 반박하게 만드는 형식에 불과하게 될 것이다. 내가 유일한 실재라고 생각하는 세계로부터 나와서, 한번 들어간 이상

훼손되지 않고는 절대 나올 수 없는 뇌의 미로 속으로 기어들어가는 것이다.

여기서 만난 물은 흔히 예상하듯 고여 있지도 않다. 청량한 바람이 물을 자극한다. 수면 위로, 비스듬히, 도망가는 선들(빗물이 누워 있는 것도 같다), 바람의 존재를 드러내며 물이 살짝 붓거나 접히며 생긴 주름 같기도 한 선들. 일종의 물과 바람의 혼합. 이들의 움직임은, 분명 문장 속에서도 드러난다. 그 움직임이 저기서부터 나에게까지 불어왔을 테니. 거의 감지가 안 되는 이 물결들은 갈대밭에 부딪혀 소리 없이 부서지다, 거품으로 하얘지고, 깃털처럼 변한다. 이 가벼운 것, 이 신비한 방해물에 부딪힌 갈대밭 장벽도 움찔하더니, 움직이며, 스스로 깃털 장식을, 아니 저 꼭대기에 화려한 깃털 장식을 단다. '거울' '속옷'을 말한 것은, 전혀 다른 종류의 우아함과 쾌락을 향해 가려고 괜히 거기서 나와 표류하는 것이다. 처음에는, 확실히, 놀란다. 시선을 깨어나게 만든다. 처음에는 가볍게 움직이는 놀이처럼, 거의 조용한 막대 놀이처럼 보인다(아직도 다른 것과 비교하고 있다. 부분적으로는 적당한 비교긴 하지만 여전히 잊어버리고 지워버려야 한다). 물, 공기, 그리고 땅이 만나는 어떤 양상 앞에 우리는 있는 것이다. 우아하고, 신중한, 무언의 양식. 물은 땅 위에, 또 풀 속에 있는 가느다란 표면에 다름 아니다. 공기가 물을 스친다. 물은 갈대들에 부딪혀 멈춘다(그럼 빛은? 이 윤기 없고, 거의 흐린 넓은 곳에 몇몇 반사광과 작은 불똥이 놀고 있는데).

물은, 바람의 거울. 아니 초원도, 비단같이, 그것을 알린다.

갈대밭, 깊은 곳에서 물을 빨아들인 비,
그리고 공기 숨결로 충분했다,
그 발치에 거품이
철새들의 휴식처를 그리기에는.
(…)
갑자기, 풀과 땅이 있던 곳에,
홀아비가 된 갈대들과 오랜 비가 섞여
그들의 못을 만들었다.

바람이 분다. 물이 짚 방벽에
부딪히는 건너편에 거품!
어제만 해도 수선화들이 피었던 곳인데.

(어떻게 말할지 몰라 생긴 성마름이, 안달이 그대로 표출되어, 괜히 옆으로 튀어나간 도약.)

물이여, 네 꽃잎의 주름을 펴는구나!

짚, 거품

더께 짚에 부딪혀, 거품 이는 물!

(…)

이 짚 벽에 부딪혀 행복한 물,

넌 열릴 거야,

넌 깃털로 바뀔 거야!

(그런데 '진리'는 그저 단순한 것이지 않았을까. 난 이젠 그 껍질, 텅 빈 껍질밖에 가지고 있지 않다. 아니, 그건커녕 가면, 원숭이 같은 흉내……)

짚 장벽 발치에

흩어져 있는 깃털들 몇 개

이건 비의 고집 때문에

홀아비 갈대들에게 돌아가준 물이다.

(욕망이 이끄는 대로 흘러가거나, 아니면 배회하기.)

비는 놀란 풀들 아래서

거울 하나를 꺼냈다.

속옷이 있다,

강기슭에 흩어진.

겨울에도 몸을 적시는

아리따운 여인은 어디 있는지,

달아나는 모습만 겨우 보았네.

(그리고 이어)

비는 놀란 풀들 아래서 거울 하나를 꺼냈다.

기슭에 놓인 흩어진 속옷을 본다.

11월에도 몸을 적실 정도로 사랑에 불타는

아리따운 여인은 어디 있는지.

항상 너무 늦게 만나는,

절대 잡히지도 않고, 절대 당하지도 않는?

흔들리는 갈대밭 뒤에서

새들 보금자리가 움직인다.

지금까지는 진실하다고 여기는 것을 해독하거나 번역하기보다는 의미의 몽상에 몸을 맡기는 것이 훨씬 수월했음을 인정해야 할 것이다.

새삼, 비교로 인해 정신을 진실로부터 떨어뜨릴 수도 있다는 것이 보인다. 직접적인 발화가 해골 같은 도식만 만듦으로써 진실을 죽일 수도 있을 것처럼 보인다. 그래서, 다시 우회를 꿈꾼다. 지나가다, 그냥 전혀 다른 요소를 포착해도 좋다는 생각을 한다. 이게 우선은, 주어진 요소들과 아무 상관이 없는 것처럼 보일 수 있다. 다시 말해, 거품, 속옷 같은 감각적이고, 구체적인 두 개의 현실 간에 비교를 더는 하지 않고, 그보다 차라리 모호한 의미, 일종의 내재적 의미를 따라가면서 눈에 보이는 것을 더 연장하고 심화하는, 그러니까 방향을, 동향을 파악하는 방식을 찾아야 할 것이다. 원근법 투시도의 문이 열리는 것처럼. 그래서 여기서 해야 할 시적 과제는 두 오브제 간의 관계를 정립하기보다는, 즉 두 오브제 바로 위에서 그 관계를 번득이게 하기보다는 단 하나의 오브제를, 또는 오브제들의 매듭을 더 깊이 파보는 것이다. 우릴 끌어당겨 이끄는 듯 보이는 방향을 향해서.

이론들. 왜냐하면 나는 말하는 것 외에 할 수 있는 게 없기 때문이다. 왜냐하면 점점 더 모든 게 피해 달아나거나, 굳어서 가만히 있거나, 텅 빈 채 있기 때문이다.

대지가 열려 있으니 새들이 지나다닐 수 있는 건 아닐까? 샘물. 아니, 땅에 달린 창문일 수도(정원에서 보이는 반짝이는, 유리 '보금자리', 오밀조밀한 꽃들 위에 물 궁륭을 이룬 온실). 그러나 거기서 하늘은 반사되지 않았다. 바람이 마지막에 이르는 곳, 거품을 내며 완성되는 곳, 그처럼 나도 거기에 이르러야 할 것 같다. 짚으로 된 이동 장벽 발치 아래, 이 하얀 선. 본질이자 정수로 보이는 그곳 말이다. 마르고, 창백한 색. 안쪽은 완전히 사실적이지 않은 겨울 색. 사실은, 결코, 가깝지 않은 색(거리감의 색, 물러남의 색), 무게도 없는 색…… 현실은 이렇게 나를 피해 달아나고, 날 부르지만, 난 뒤따라 합류하지 못한다. 거기 모든 약속이 있는데도. 이 갈대들은 그렇다면 '다른 곳' 혹은 '내일'이라 불려야 하지 않을까?

이런 심려에는 진실한 것이 있다. 그건 멀리서 지나가니까, 저 다른 곳에서 지나가니까. 마치 진짜를 속삭이는 텍스트는 외국어 속에 있다는 듯이. 마치 우리에게 손짓을 하는 것은 저기 경계 너머에 있다는 듯이. 저기, 이 짚들의 경계, 그리고 발밑. 이건 눈일까? 깃털일까? 거품일까? 감지가 안 되는 산 정상의 눈처럼, 이 물마루에도, 짧은 들끓음이…… 이따금 이렇게 멀어지면서 가까워질 수 있지 않을까?

이런 물의 달리기. 도망침 또는 급속한 도약, 전율. 틀림없이 이것이 핵심이다. 절제된 달리기. 시원한 곳에 가볍게 분 바람이 남긴 자국……

아, 이 짚 경계를 향해 달리자 행복하게!
이 깃털 장식의 장벽을 향해 진력이 나게
널 부숴야, 꽃이 핀다
장애물 위에서 눈 왕관을 쓰렴!

물의 시원함. 소름이 훑고 지나가는 잠. 계속해서 펴기. 시원하게 펴기.

정확한 경계에 닿으면
시원함이 날아간다
(…)
풀 속에서
날아오르는 물!
(…)
풀 속에서
갈대들이 무서워
날아오르는 물

(이제부터는 진실의 파편들이 스쳐지나간다. 빌린 형태를 통해서라 아쉽긴 하지만.)

널 멈추게 하는 것과 부딪혀야
피어나. 물도 그래서 흐르는 거고.

운동이, 달리기가 동시에 있고, 거의 돌고 돌지만, 한계선이 있다. 동그라미, 지면에 닿을 듯 말 듯, 화살이 지나가는.

나의 시선은 한계선에 닿는다
거기 풀 속 물의 경주는
갈대밭에 이르러 거품으로 피어난다.

풀 속에 부는 바람
넌 이 과녁에 화살로 구멍투성이를 만들어
넌 과녁을 통과하지만, 닿지는 않아.

회색 물이여, 달려보아라,
하루종일 갈대밭 경계를 향해
그래도 경계를 넘을 순 없을 거야.

맑은 시선아, 달려라, 장벽에서,
거품을 기습해.

접근 불가능한 것만이 꽃을 피워.

나는 땅을 바라본다. 가끔은 빛 속에서 피어난 꽃을. 가끔은 밭에 내린 비로 약간 남은 물을. 그래서 땅이 열리나 보다. 땅이 우리에게 "들어와" 하고 말하는가보다. 시선은 경계를, 또 한참 그 위를 본다. 티베트의 문턱, 아주 높은 계곡 안쪽에 사라진 땅은 "통과" 하고 말하는 것 같다. 다른 건 전혀 없다. 그 이상은 전혀 없다.

난 다시 원래 요소들로 돌아가야 할까?

이 물을 누가 나에게 주어 갈증을 풀까?
나는 들어가고, 나는 마신다
이 집 문으로 나를 초대하는 것은 아마도 신밖에 없을 것이다.
나는 공기로 가득한 풀 속에 무릎을 꿇는다.
만일 내가 땅속에 눕는다면, 나는 날아갈 텐데.

이 장소에서 땅은 파여 있다
땅은 물을 누워 있는 풀들의 수조 속에 받아놓는다
나는 오랫동안 거기서 목을 축인다
이어 이 집 장벽에 몸을 기댄다

아, 누가 나에게 이 작은 골짜기 같은 무덤을 만들어주나!

나는 안쪽에 무한의 그림자가 반짝이는 것을 본다.

보이지 않는 새들

덤불과 공기로 뒤덮인(공기를 빗는 머릿빗 같은 덤불로 뒤덮인) 이 드넓은 곳에 다시 설 때마다, 저 아득히 먼 곳에 푸른 수증기가 어른거리고 거품이 이는 파도들 용마루가 넘실대는(반투명한 손으로 저 멀리서 나에게 손짓하다 몸을 부르르 떠니, 이것이 정말 바다라는 생각이 든다) 이곳에 다시 설 때마다, 나는 한 해의 이 순간, 저 높이, 보이지 않게 걸린 새들의 울음 덤불을, 더이상 비등하며 끓지는 않지만, 점들이 흩어지는 것 같은 소리를 이내 감지한다. 어떤 종의 새들이 거기서 노래하는지는 모른다. 여러 종의 새일 수도 있지만, 단 한 종의 새일 수도 있다. 이건 중요하진 않다. 난 다만, 어떤 것(시가 품고 있는 것, 그래서, 그래도 아직은 들려줄 수 있는 것)을 들려주고 싶은 것이다. 그게 쉽게 되지는 않겠지만.

그건 눈에 보이지 않는 것이다(너무 환한 것, 어쩌면 눈을 멀게 하는 빛 그 자체가 아니라면 그 어떤 것으로도 감출 수 없는 것). 그건 걸려 있는 것이다(다시 말해, '긴장된 미결 상태'—멈춤, 기다림, 또는 결코 흔들리지 않기 위해 쉽지 않은 균형감으로 간신히 머금고 있는 호흡처럼—이면서 동시에 '부유하는' 상태. 그게 쓰라려도 그 자리에서 물살에 따라 부드럽게 올라가면 올라가고, 내려가면 내려가는). 그건 특히, 거리를 느끼게 하고 드넓은 곳을 드러내는 것이다. 그런데 이 거리는 잔인하다기보다 고양감을 주고, 충만감을 준다. 때론 동시에 여러 점을 만들어내는데, 포획되어도 즐거운 어떤 망이 연상되는가 하면, 가냘픈 몸인데도 버티고 서서, 자기 몸 끝으로 공기의 장막을 들어올리는 돛대 같기도 하다(아니면 가벼운 산덩어리). 아니면 무한한 하늘 외에 다른 어떤 지붕도 없는 폐허의 투명한 주랑들, 몇몇 분수 물줄기들. 때론 고르지 않지만 연속적으로 이어지는 간격. 그러다 이내 세계 저 안쪽의 침묵까지 복구하는 간격. 그건 마치 어느 가족의 대저택에서 아침마다 차례로 열리는 창문 같다.

그런데, 이게 다가 아니다. 상은 실재를 감춘다. 시선을 흩어지게 한다. 우리의 감각이나 몽상 어느 한쪽에게 더 정확하고 더 매혹적일수록. 아니, 뭐라 말해야 할지 모른 그걸 들은 그날에는 장막도, 우물도, 집도, 그물망도 아니었다. 오래전부터 나는 그것을 알고 있었다(그러나 이렇게 아는 것이 분명 전혀 내겐 도움이 안 된다). 그저 사물들을 말하고, 위치시키고, 자연스럽게 나타나게 할 필요가 있을 것이다. 그런데 우선, 내가 듣고 있는 이 소리, 바로 들리지는 않았지만 걷고 있다보니 나를 사로잡은 그 소리를 어떤 단어로 표현할 수 있을까? 그건 '노래'였을까? 아니면 '목소리', 아니면 '절규'? '노래'라면 어떤 멜로디를, 어떤 의도를, 지금 당장 파악이 안 되더라도 어떤 의미를 품고 있었을 텐데. 여기서 만들어지는 건 무한한 평화이니 '절규'라면 또 너무 비장하고(문득 떠오르는, 유사성이 없지는 않은 평화가 있는데, 그건 『연옥 편』과 같은 층을 지배하는 평화일 것이다. 그곳에 가면 볼 수 있는 충분히 비슷한 어떤 것이 있다. 공기 중에, 예기치 않게, 마치 중간에 잘려나간 것 같은 찬가의 조각, 라 프리마 보체 케 파쏘 볼란도……*). '목소리'라면 너무 인간적이고, 틀린 건 아니지만. 그렇다고 '소리'라고 하자니 너무 모호하다. 하여, 이제 상들 쪽으로 쏠

* "la prima voce che passo volando": 날아가며 처음으로 듣는 목소리. 단테의 신곡, 『연옥 편』 13장에 나온다.

린다. 그렇다면 내 마음에 와닿는 것이, 나에게 말을 하는 것이 이젠 드넓은 곳에 일시 정지해 있는 파도 거품, 공기 중에 비등하듯 기포 상태로 있는, 눈에 보이지 않는 그 작은 공들, 그러니까 소리의 연한 일시 정지 상태, 아니 소리의 둥지(소리 알을 품은 공기의 둥지)? 다시 한번 정신은 때론 종잡을 수 없을 정도로 방랑하며 제법 기쁨을, 아니 이득을 맛본다.

도대체 나는 무엇을 말하고 싶어하는 걸까? 드넓게 펼쳐진 땅, 숲, 바위, 대기를 위에서 내려다보며, 그곳의 다양한 지점들에서 들리는, 보이지 않지만 어딘가 매달려 있는 새들의 목소리를 듣고 있자니 생기는 감정의 동요(흥분되고, 정화되고, 더 깊이 뚫고 들어가는 것 같은)일까. 시 연습의 사안은 아니다. 그저 이런 종류의 말을 이해해보고 싶은 것이다. 그후(그걸 다 이해하지 못했어도. 아니면 그게 아마 더 나을 수도 있고), 그것을 다른 곳에다, 훨씬 먼 곳에다 방사放射하면서 나는 행복해질지 모른다. 그래서 시선을 가리지 않을, 훨씬 투명한 단어를 찾는다. 경험 덕에(경험이 아니어도 짐작으로 알 수 있지만), 무매개성, 가장 깊은 깊이이기도 한 직접성을 내가 만지고 있다는 것을 안다. 그것은 지속적인 힘을 가진 취약함이기도 하다. 그것은 진眞과 별반 다르지 않는

미美이기도 하다. 무매개성 또는 직접성은 하루에도 여기저기 분포되어 있다. 그런데 단어들은 그것을 포착하지 못한다. 도리어 거기서 멀어지거나 그것을 변질시킨다. 상들은 때론 벽의 한 면만을 밝게 비춘 채 나머지를 어둡게 놔두기도 한다. 직접적으로 발화된 내용으로, 가장 단순하게는 가령, "드넓은 곳은 노래하는 저 보이지 않는 새들로 가득차 있다." 다들 얻기를 꿈꾸는, 장식물도 없고, 우회로도 없는 이 선. 소박하게, 거의 순박하게 새겨진 선. 우린 이제 거기에 도달하는 게 불가능할까? 단어들이 알아서 혼자 오도록 잠들어야 할 것 같다. 그러려면 꿈꾸기도 전에 이미 단어들이 와 있어야 한다.

아마도, 거기에 걸려 비틀거리는 건 내가 아닐까?

그러니 또 들어보자(아니면 잊어버리는 게 나을까?). 듣고, 보고, 호흡하고. '천사'라는 이름을 가졌다면, 먹이를 찾아 상공을 나는 새를 닮았을 때인데, 새로운 먹이를 정통으로 낚아채려 너무 신속하게 날아가다보니 날개가 마치 불타는 화살 같다. '천사'라는 이름을 가진 자는 날개를 한순간 퍼덕거리지만, 이 한순간이 곧 세계의 영역이다. 모든 구름이 사라지고 난 후 번개에 놀라 눈이 먼다. 차라리 몸을 돌리기를. 그런데 아직도 들린다. 위치, 간격이 다 파악된다. 예전에 이미 넌 이 상관성을, 이 형상을 예감했다. 밝은 대낮의 성좌星座, 청각으로 잡히는! 저기서, 또 저기서, 또 저기서 물이 솟는다! 측량하듯 성큼성큼 걷는, 깃털 달린 작은 일꾼들도 보인다. 가만히 부동으로, 거대한 단위로. 이건 다름 아닌 소리 나는 측량 도구, 보이지 않는 소리굽쇠, 하늘 토지대장에 달린 리라가 아닌가……

훨씬 더 겸손하고, 친밀하며, 내성적이라는 것만 제외하면 이 드넓은 곳은 굴곡 많은 우리 삶이었다. 장점도 적고, 열정도 적고, 위협만 도처에 있는. 너그럽지 못한 마음, 확신하지 못하여 신중한 정신. 오로지 부정적인 미덕, 회피. 세계로 말할 것 같으면, 난도질당한 얼굴. 눈目 속의 철근, 서서히 썩어가는 뼈. 더이상 정면으로 바라볼 수 없는 세기. 단지 내가 기대하지도 않았던 이 목소리들을 들은 것 말고는. 나무들, 그리고 동시에 하늘과 연결된 목소리들, 나와 세계 사이에 놓인, 한나절 안에 놓인 이 목소리들은 존재하는 기쁨을 가장 자연스럽게 표현한 것(불이 켜지며 이 언덕 저 언덕에서 벌어지는 축제를 보듯). 몸의 기관도, 깃털도, 무게도 다 잊게 하고(자신을 둘러싼 구球 속에 용해되듯), 백열白熱 속에 기쁨을 옮기는 목소리. 오직 이 목소리들을 들은 후에야, 새롭게 내 주의력은 불시에, 은혜롭게 훨씬 순수한 곳으로 향한다. 그 기쁨을 정화해, 훨씬 눈부시게, 그 기쁨을 비추는 곳으로.

하늘. 완벽의 거울. 이 거울 위에서, 아니 저 안쪽에서, 나는 문이 열리는 것을 본 것 같다. 하늘은, 거울은 맑았고, 문은 더더욱 맑았다.

종탑도 없다. 그러나 저 드넓은 곳에는, 물안개 낀 둥지 속에 째깍거리는 영원의 시간이 있었다.

최상의 조화, 무한의 정의. 각자 누구나 자기 몫을 받는다고나 할까. 대기권의 예법에 따라 무한히 배분된 듯 보이는 빛.

5월의 풀밭

오늘 풀밭을 따라 걸으니 다시 기운이 나고 신이 난다. 개양귀비꽃들이 잡초들 사이에 가득 피었다.

붉고, 붉다! 이건 불이 아니다, 피는 더더욱 아니다. 그러기엔 너무 경쾌하고, 가벼워.

꽃대에 겨우 매달린 작은 깃발과 휘장이 조금만 바람이 불어도 다 날아갈 것 같지 않나? 아니면 그 비단결 같은 종이 쪽지가 바람에 실려와 당신을 축제에, 5월의 축제에 초대한 것 같지 않나?

풀의 축제, 풀밭의 축제.

수천, 아니 수만의 빨강, 거기다 밝고 생생하니, 이건 간명 그 자체! 5월의 영광을 위해 온 힘을 소모한 그 붉음.

이 모든 투명한 드레스들. 아니 빨리, 빨리, 너무 빨리 가느라 훅 단추도 제대로 안 잠갔네! 일요일이 너무 짧네……

풀밭이 돌아왔다. 이건 또 전혀 다른 것, 훨씬 솔직하고, 훨씬 단순하고. 이 모든 '의외의 발견'이 풀밭을 배반하고 왜곡한다. 그래서인지 더더욱 낯설다. 아니, 아마 그래서 더 존엄한 건가.

풀밭은 간단하고, 가난하고, 흔한 것이다. 분명 저 안쪽에까지, 바닥에까지 떨어져 펴져, 즐비하게 폈을 것이다. 순진한 것, 의미도 없는 것, 베어져도 짓밟혀도 상관없는 것. 그러나 심각한 것, 좀더 생각해보면, 순수하고 순진하다못해 심각해진 것. 단순하다 못해 심각해진 것. 심각하고 위대한 것. 돌멩이들만큼, 강물들만큼, 세계의 그 모든 것들만큼.

땅에 바짝 붙어 핀, 이 약하고 가벼운 수천 가지들, 벌써 노래진 초록, 작렬하는 순수한 이 붉음. 그런데 아직은 땅과 하늘 사이(길이 아래로 향할 때면, 내겐 분명 그렇게 보인다). 따라서 이 잡초들도, 이 강렬하고 간략한 꽃들도 올라올 것이다. 땅의 소박한 자매들이라고는 하나, 얼마나 높은지 보여줄 것이다. 종잇장 같은 이 꽃잎들은, 꽃대에 겨우 붙어 있긴 하나, 그렇게 자신을 드러낸다. 그렇게 자신을 공기에 내맡긴다…… 그 꽃들은 공기를 닮았을까? 만일 이게 붉게 직조된 공기 조각이라면? 축제중인 공기에서 나온 붉은 물질이라면? 붉은 공기 방울 조각이라면?

순결무구한 것, 무해한 것. 분명 아래에 뿌리를 박고 있지만, 거의 자유롭게 조금 더 높이 올라갈 수 있는 것, 떨어져나갈 수 있는 것. 노출된 것, 제공된 것. 들판의 주말, 즐거운 종소리 들리는 어느 일요일, 가까운 마을로 오후에 무리 지어 춤추러 가는 아가씨들.

드넓고 흐린 풀밭 한가운데를 지나가다 우연히 본 것들, 풀과 꽃들, 그리고 이 색깔, 이 무리,

내 발과 내 삶과 마주친 풀들, 개양귀비꽃들,

내 눈 속에 들어온 5월의 풀밭, 어떤 생각과 마주쳐 내 시선 속에 붙잡힌 꽃들,

내 몽상과 뒤섞이는 작렬하는 붉음, 또는 노랗고 파란 색들,

풀, 개양귀비, 땅, 수레국화, 또 수천의 발길 속의 이 발길들, 수천의 나날 속의 이 나날들.

뱀, 산문

'소나무들과 모래.' 이 조합을 보게 되는 곳이면 어디서든, 바다로 나가 바람을 쐬는 것만 같다. 소나무 몸통 사이에 맨발로 있으면, 기쁨에 대한 생각이 벌써 타올라, 달린다. 걸음을 막는 것도, 시야를 막는 것도 없다. 모래는 곧 잠이 들 불의 색깔을 하고 있다. 잠에 빠지면서, 침대로 변할 이 넓은 불꽃 광채. 이제 우리는 이 나른한 불꽃에, 이 유연한 불꽃 가루에 몸을 내주게 될 것이다. 음영이 진 높은 녹색 부채들 아래. 만일 그 깃털이 다 말라 떨어진다면, 모래 시트에 약간 덜 장밋빛이 나는, 약간 덜 부드러운 요만 깔아주면 된다.

그러나 이 꿈은 겨우 초벌만 그렸는데 끝나고 만다. 잠시 나무 몸통 사이를 걷는다. 바다가 마침내 불티를

흩뿌리며, 또다른 침대를 짐승들과 여신들에게 내주기는커녕, 여신들이 그들의 또다른 불을 바다에 담그러 달려가기는커녕, 일종의 초록빛 물안개가 흔들리며 시야를 유혹했다가 실망시킨다. 그 기운이 너무 가깝게 느껴져 몸이 불에 탈 것 같았지만, 불 자체는 멀리 온화하게 있었고 우린 그렇게 거리를 두고 몸을 덥혔다. 그것은 손에 쥔 얼굴 같기도 하고 장미 같기도 했다. 하지만 안개가 다가왔다. 가을날 집의, 따듯한 담벼락에 등을 기댄 느낌이었다. 수평선에서 첫번째 비가 내리는 것을 본다.

우린 언덕들이 둥글게 모여 있는 곳으로 들어왔다. 너무도 고독하게, 가끔, 구름이 하늘을 덮었고, 침묵은 거의 불안이 될 지경이었다. 모든 협곡이 "새들의 선술집"이라고 불리는 식물의 잎을 생각나게 했다. 그러한 이름이 붙은 것은 잎의 안쪽에 물방울이, 가장 순수한 빗방울이 고이곤 했기 때문이다. 그런데 여기에 물이 있을까? 확인해보려면 당신보다 키가 큰 갈대밭 안으로 들어가봐야 한다. 고여 있는 물, 자꾸 빠져나가는 흙이 당신 발밑에서 드러난다. 발은 거기에 빠져들길 망설인다. 그럼에도 불구하고, 맨 끝자락에는 못이 있다. 그 못을 굽어보고 있는 절벽 능선도 있다. 절벽에서 보이는 것이라곤 수련 군락과 그 너머, 물에 잠긴 몇몇 덤불의 헝클어진 돔이다.

이 무리들, 이 갈대 같은 안개는 다가가면 짚 소리나 사포 소리가 난다.

움푹 파인 이곳에서 명상하듯 이들을 본다. 위에서 보면 단순한 초록 안개가 아니라는 걸 알게 된다. 어딘가로 달아나듯 명암 차이가 나는 색조들이 서로 얽혔다 풀어지면서 여러 개로 변화무쌍해지며 가늘고 산만해진다. 태양이 사라진 후, 구름 가득한 석양을 다시 살아나게 만드는 색조들과 비슷하달까. 초록색, 파란색, 분홍색, 갈색, 특히 태양의 부재에 놀란 듯 항상 잿빛 회색이 섞여 있다. 하늘이 태양 반사광 다발을 다 풀어헤쳐버리고 난 칙칙한 거울. 모래 테두리가 씌워진 거울. 거기서 땅은(왜냐하면 여전히 땅이기에) 불확실해진다. 벌어졌다 가려졌다 하므로.

걷는다, 다가간다, 멈춘다. 여전히 아무도 없다. 숲의 문을 여는 이가 없다. 모두 살기를 멈춘 걸까? 움직이지 않는 갈대는 하나도 없다. 재빠른 속삭임이, 땅보다 약간 높은 데서, 이쪽에서 저쪽으로 옮겨간다. 새들의 흩어지는 소리. 적조해 짐작할 뿐인. 하늘과 그 반사광 사이. 거의 부동의 공간밖에 없다. 이 속삭임 한가운데서, 영원한.

못 너머에서 길이 피라미드 형태의 언덕 발치로 이어진

다. 언덕에는 소나무들이 심겨 있고, 땅은 자줏빛이다. 나는 이제 아직 더 멀고, 더 늙은 불 속을 걷는다. 키 높은 양치식물들이 부드럽게 타오른다. 날개 밑에 자기 종자를 든 채 매달려 있다. 이제 곧 주변으로 그 종자를 내놓을 것이다. 이 양치식물들은 종자를 아낌없이 내놓기 위해 이리 높이 자라는 걸까? 젊은 처녀들이 눈빛으로 이런 꽃가루를 퍼뜨리는 것을 본 적이 있다. 그러나 숲은 황량하다. 나는 간신히 가던 길을 간다. 작은 돌들이 자줏빛 침엽 사이에서 떨어진다. 나무 꼭대기에서 산비둘기 하나가 미끄러진다, 비스듬히 내려온다. 착지한다. 회색 깃털 부채가 바닥을 향해 펼쳐진다. 아니, 이 공간에 떨어진 침묵 조각인가. 내 심장 바로 위, 떨리는 눈꺼풀이 떨어진 게 아니라면. 제발 이젠 그만 멀어지길! 양치식물들이, 갈대들이 흔들린다.

한 커다란 뱀이 누런 높은 풀 속으로 사라진다.

무거운 침묵이 흐른다. 나는 곧 한 여인이 긴 머리를 휘어감고 침묵을 깨러 가는 걸 상상하게 될까? 나는 곧 시간을 모르는 눈이 무엇이고, 어떻게 후회도, 욕망도 없이 걸어가는지 배우게 될까? 촛불이 초에 붙어 있지 않은 만큼 발이 땅에 붙어 있지 않은 그녀, 그녀의 눈빛은 짐승들처럼 탁한 걸까(아니 그다지도 투명한 걸까)? 그래서 그녀는 다른 여자 중 하나에 귀를 기울였으려나? 뱀은 아마도 우리가 그의 이야기를 알고 있기 때문에 우릴 혐오할 것이다. 그녀는, 아니 그녀만 그걸 본 것일까? 그것은 게으른 번개, 느린 물에 불과했다. 그녀는 아직도 하루의 닫힌 구 안에 갇혀 있다. 우리 단어들 가운데 어떤 것이 그녀를 의미할까? 위험, 잘못, 거짓말 같은 건 분명 아닐 거다……

선 하나가 침대 같은 공간 속에 놓인 물과 공기를 칼로 자르듯 나누자마자 물과 공기는 떨리고, 흔들리더니, 기다렸다. 누워 있는 물에서 숨결이, 연기가, 습기가 올라온다. 더이상 너른 벌판이 아니었다. 한쪽 끝에서 다른 쪽 끝까지 걸쳐 있는 떨림, 한숨이었다. 하늘 한쪽 끝에서 다른 쪽 끝까지 걸쳐 있는 탐욕스러운 비雨의 선, 과녁과 그것을 맞히는 화살, 벌어진 입술과 그 사이 따가운 독침.

갈라진 데서 또 갈라지고. 바닥에 떨어진 가는 씨앗에서 작은 줄기가 나오는 것처럼. 그 씨앗이 가지가 되고, 각 가지에서 또 잎이 나오고. 처음에는 어마어마했던 거리에서 점점 더 짧은, 점점 더 미묘한 수천 개의 거리가 돋아난다. 각 극은 간격의 끝에서 과일 열매가 맺히듯 생겨난다. 영양은 모래를 측량하려 뛰어가고, 새는 공기를 측량하려 성큼성큼 활보한다. 그들은 막 생겨난 거리를 측량하려는 것만이 아니라, 다발들을 묶듯이 마구 증가하는 공간상의 수많은 점들을 이으려는 것이다. 수많은 구렁을 극복하려는 것이다. 그렇기에 이들은 선박 위에 올라탄 또는 로켓에 탑승한 미래 항해자들과 닮아 있는 것이다.

훨씬 낯설고, 훨씬 공포스러운 분할의 기호들이 급습한다. 경주를 마친 짐승은 경주를 막 시작한 짐승과 더 이상 같은 짐승이 아니다. 그 짐승은 모래사막과 사바나 초원만을 건넌 게 아니었다. 석양의 잉걸불 앞에서 멈추기 위해 진주모처럼 생긴 새벽을 건넌 것이다. 날들은 그렇게 늙어가고 있었다. 또한 다시 태어나고 있었다. 독수리들과 별들의 놀라운 선회 비행처럼. 아직도 충분히 찢어지지 않았다, 충분히 갈망하지 않았다. 뱀은 다가와 상처를 더 깊게 파고들었다.

나는 무지갯빛으로 반짝이는 협곡의 고독 속에 묻힌 정원을 몽상한다. 나는 이파리 하나도 가만 있지 않는 사시나무를 관조한다. 그건 마치 어두운 소식을 알리기 위해 울리는 수천 개의 종소리 같다. 짐승들은 시간을 고요히 산다. 마치 아직은 어떤 것도 눈에 띄어서는 안 된다는 것처럼. 모든 게 아직은 무한한 잠 속에 있다. 갑자기, 처음으로, 눈들이 뜨인다. 이 협곡은 짐승들과 다르지 않다. 협곡은 이제 거리를, 색깔을, 그림자를, 그 은밀한 아름다움을 안다. 협곡은 사물들이 변하는 것을, 그래서 자신을 빠져나가 도망칠 수 있었다는 것을 안다. 협곡은 경계태세를 갖춘다. 동요한다. 너무나 아름다워져 하늘의 보이지 않는 형상들마저 그 둥지를 향해 내려올 정도다. 신성한 구球 세계에서 추방당하기라도 한 건지, 피가 몸에서 나오고 흐른다. 물보다 더 진한 피다. 이것이 눈에 보이는 첫 피이다. 이 피는 땅을 어둡게 만든다.

땅을 향해 몸을 기울이는 자에게, 땅은 이런 상처를 위한 약초를 혹시라도 내줬을까?

(그런데 내가 이해해보고 싶은 게 뭘까? 완전히 잃어버린 젊음, 무결점의 몸. 이런 것들이 나의 풍경 속으로 언제든 흘러들어온다. 마치 사전을 뒤적이는 아이에게 항상 같은 혼란스러운 그림이 제시되는 것처럼. 그래서 안 될 것도 없잖은가? 이들은 멈추지 않고 우리 시선을 자석처럼 끌어당기니까. 신선한 것, 실망스러운 것, 부드러운 것, 소녀 목동들, 어둠 속에서 계속 돌다 벽을 이동시켜 세상을 열고 마는 빛 또는 열쇠. 실낙원의 주민들

과 똑 닮은 이들은 우리 주위에서 찰나에 그 낙원을 재창조한다. 하지만 그 둘이 같은 것이 아니라는 것을 느낀다. 마치 겹쳐 찍힌 두 개의 상을 보는 듯하다. 아니면 가장 아름다운 하늘 뒤에서 밤을 연상하거나 뇌우를 전조하듯. 얼굴과 그 피부밑에서 두개골을 짐작하는 것처럼. 다 익은 과일들 뒤에 이미 불꽃들이 가득하다. 상승의 단계들이 뒤흔들린다. 위와 아래가 뒤섞인다. 감춰진 게 드러나고, 타오른다. 부패의 냄새가 승리한다. 마치 모든 아름다움 중 가장 저항할 수 없는 아름다움은 오직 우리로 하여금 죽음을 느끼게 하기 위해 가장 짧은 길을 통해 나타난다는 듯이 그토록 치명적인 소녀 목동.)

고대 이야기들이 형상화하는 이런 관문關門/觀門,* 조금 너무 고독한 장소에서 생겨난 여타 상들이 여기서 다시 한번, 그러나 헛되이 에워싸는 이런 관문, 실제로 이런 관문은 이해의 한계를 넘어서는 지점, 또는 경계가 아닐까? 우리의 본성을 뛰어넘지 않고서는 걸어냈다거나 뛰어넘었다고 주장할 수 없는 일종의 장애물이 아닐까? 결

* 원문은 passage로, 통행 또는 통과의례의 관문關門을 뜻한다. 다만 여기서는 비유적으로 보는 방법을 바꾸어 새로운 도를 깨우치는 마음의 문, 즉 불교에서 말하는 관문觀門, 즉 관법觀法을 통해 새로운 법문으로 가는 길을 의미할 수도 있다.

코 실낙원도, 뱀도 없다. 하지만 우리는 정말 여기서 다른 것들을 통해 사물들을 보고, 살아 있는 것들 뒤에서 신들과 죽은 자들을 본다. 식물 한가운데서 천사들과 타는 불길을 본다. 살과 연기가 완전히 뒤섞인 천사가 정말 우리 안에 있다. 새삼 이렇게 말하는 것을 멈춰야 할 것 같다. "얼룩 없는 장소로 향하는 길은 어딘가?" 아니면 "왜 넌 늙는 거야, 왜 넌 떠나는 거야, 왜 넌 날 저버리는 거야." 때로는 우리는 그런 한계선을 거부한다. 그리고 우린 모든 것을 거부한다(착란 또는 과장일 수도 있는 어떤 형태를 통해). 아니면 우린 한계를 받아들이고 그것과 함께 산다. 하지만, 죽음 이전 또는 죽음 이후의 그 모든 상반된 모순의 해결책인 신앙이 우리에게 주어지지 않았는데 어떻게 해야 할까? 실낙원을 향한 이 솟구침이 다시 생길 때마다 매번 부러트려야 할까? 실낙원의 반사체 중 가장 약한 것을 몰아내야 하나? 아니, 반대로 그 반사체들이 거침없이 지나가는 순간 포착해야 한다. 그 모든 형태(시간, 장소, 자연에 따라 변화가 생긴다) 그대로, 대략 잘 안 보여도, 꽉 붙잡아야 한다. 그게 무슨 빛이든. 감옥 벽에 비친 것이라도 축복인 것임을……

중심이 무한대로 파여 있는 이 둥근 원에서 나오기 전, 나는 아직도 떡갈나무와 바위들을 본다. 재로 뒤덮인, 버려진 기념물 같다.

(…잠든 불, 나는 여기서 로마를 느낀다. 소나무들이 늘 있는 곳. 못이 있는 길가 쪽에 바위들이 있고, 그 바위 위에 삐죽 솟아 있는 떡갈나무를 향해 몸을 돌렸을 때 나는 옛날 나에게 감동을 준 도시를 다시 한번, 그 어떤 다른 때보다도 참을 수 없을 만큼 생각했다. 처음부터 난 푸생의 그림들을 생각한 것이었다. 가장 감탄이 나오는 그림들에서 등장인물들은 거의 공간 속으로 빨려들어가고 있었다. 그러나 적어도 진원에 가까운 중심은 지키고 있었다. 이로부터 추론할 수 있는 것은, 만일 이 풍경들이 내게 감동을 줬다면, 그건 '문화'가 일면 실렸기 때문이라는 것이다. 진리는 도치되어야 한다. 그런 장소들에서 그럭저럭 밝기도 하고, 본질적이므로 변하지 않는, 몇 요소들로 이뤄진 화음이 울려퍼지고, 베르길리우스의 글로 옮겨진다. 그리고 이것이 푸생의 그림이나, 여타의 다른 그림들로 옮겨진다. 그렇게 스스로 탄생시킨 다양한 메아리와 함께 풍요로워진 화음을 로마에서 다시 듣게 되는 것이다. 푸생의 그림에서는 공간 전체가 기념비가 된다. 공간은 아주 넓으면서도 조용하다. 땅과 하늘은 정확히 자기 몫을 챙긴다. 이 조화로운 세계에는 신들과 구름들을 위한 자리가 있고, 나무들과 님프 요정들을 위한 자

리가 있다. 여기서 시간은 장난을 치지도 흥분하지도 않는다. 시간은 우거진 잎사귀가 만들어내는 돔과 먼 도시의 돔, 길, 바위를 금빛으로 물들이는 빛과 같다. 사물들을 천천히 연구하다보니 자르고 구분하는 단정적 서술을 잃게 된다. 노인들은 요새처럼, 돌처럼 장엄하다. 그리고 무엇보다 바위들과 조화를 이룬, 마디가 굵고 색이 어두운 나무들처럼 장엄하다.

모래밭에서 타닥타닥 소리를 내고 있던 커다란 소나무들에서 몸을 돌려, 떡갈나무들이 있는 벽을 살피러 갔을 때는 여름을 벗어나 겨울로 들어가는 것 같았다. 무거운 발걸음으로, 위축되어 여전히 더 깊은 요소들을 향해 걸어가듯. 땅의 뼈가 재로 덮인 채 튀어나와 있다. 하지만 만일 이게 무덤이라면, 슬픔 없는 깊음이고, 절망 없는 어둠이다. 이것도 기념물이다. 어둠과 밝음, 무거움과 가벼움, 모두가 너무나 위대하고, 너무나 절대적인 법칙에 복종하기에 여기에는 우울이나 두려움, 단 하나의 쇠락도 들어설 자리가 없다.

징조의 정령, 오래전부터 더이상 지배하지는 않았더라도, 바로 이곳에 있을 것이다. 저 먼 후손의 얼굴에 어느 조상이 보내는 미소처럼.)

저녁

시간이 다시 완벽히 움직이지 않는 이 순간, 하늘이 더 높아 보인다. 빛은 곧 더 어두워질 땅을 금빛으로 물들여 기름처럼 번들거린다. 이 계절의 초록은 직사각형의 밀밭과 라벤더밭만 남겨놓고 군데군데 지워지고 없다. 열기, 아니면 태양과 관계가 있을, 그러나 정확히 그 의미를 포착할 수 없었던 이 노란색을 다시 본다. 이 밭을 보면 조심스레, 꽃을 눕혀놓던 버들가지 바구니나 생선을 포개놓던 고리 바구니, 황금빛 수정란이 우글거리던 연못이 생각난다. 그러나 이 밭은 뜨거운 불 밑에 드러누워 있다. 이 불은 밭을 하늘 아궁이 속에서 천천히 익혀가며 달구고 뒤집어 올린다. 그런데, 다양한 종류의 바구니들이 놓인 꽃시장 바로 옆에 있을 법한 라벤더밭들은, 석양의 물에 녹아버리더니, 스르르 잠이 들고, 이내 밤에 깃든다. 태양, 수면. 불길처럼 타오르고, 광선처럼 퍼지다, 이슥고 침잠하기. 낮의 긴요한 노역, 밤으로부터 날아온 향기. 들판의 작은 조각들은(상승하는 공기에 같이 실려 왔을 법한 분홍 크리스털 같은 작은 마을의 발치에 있었다) 우리 안의 또다른 추억들을, 몽상들을 더욱 부추긴다. 모든 몽상이 하나가 되어, 점점 더 투명해지고 깊어지는 여름 저녁 속에 매달려 있다. 그 몽상 가운데 하나는 금붙이라도 된 양 서랍 속에 넣어둔 열기를 찬미하고, 또다른 몽상은 샘물 속에 넣어둔 어둠을 낮은 목소리로 회상한다.

풀밭들이 말해준, 멀어서 기적처럼 더 놀라운 말은 여기 말고 다른 곳에 있었다. 포플러나무 한 그루가 불침번을 서고 있었고, 딸기나무 몇 그루가 동그랗게 서 있는 일종의 포위된 작은 땅이었다. 나는 거기서 곧 어두운 그림자 속으로 들어갈, 그러나 아직은 역광에 비쳐 살짝 보이는 여남은 양들을 보았다. 이 몇 마리 짐승들을 키 큰 풀, 기름기 도는 저녁과 조화롭게 만드는 건 무엇일까? 저기 저 멀리, 조용히, 거의 움직이지도 않고, 서로 몸을 붙이고 있는 무리들. 저건 무엇을 의미하는 걸까? 그냥 보면 부드럽고 착한, 길들인 가축들 같지만, 또 어떻게 보면 고양이나 강아지보다는 환영들, 아니 유령들 같다. 저 멀리, 저 안쪽에 있는 부드럽고, 거의 영원할 것 같은, 거의 부재하는 듯한 그들은 헐벗은 땅의 여자친구들이다. 아니 흙먼지와 돌들의 여자친구들이다. 그녀들이 진정 따르는 유일한 숫양이 있다면, 그건 달이다. 돌처럼 오래된, 아니 그냥 양털 돌 같은, 서로 하도 붙어 있어 양털 이상의 고색창연한 그 무엇이 되어버린 양들. 닳아버렸지만 야생적이고 거칠며, 종종걸음으로 걷는 통에 뿌옇게 일어난 먼지 속에 감춰진 저 태곳적 성녀들 같다. 그도 그럴 것이 그녀들의 피는 죽은 자들의 영혼을 찾고 있기 때문이다. 이들의 젖 속에 몸을 담그고 있으면 정화가 될 것이기 때문이다. 늘 메에 울고, 먼지구름 속을 종종걸음으로 다녀 관대해 보이지만, 세파에 시달려 겁이 많아졌으니, 또 어찌 보면 성 야고보* 같거나, 율리시스 같다. 시큼한 냄새를 피우며 멀뚱히 한참 우릴 바라보는 그녀들은.

* 맨 앞장에서, 황량한 겨울 풍경을 묘사하는 돌 많은 목장 장면에도 양들이 나오는데("더럽고 다 풀어헤쳐진 털가죽 옷을 입은 양"), 거기서는 이 양들을 세례자 요한에 비유했다. 그러나 여기서는 야고보에 비유한다. 야고보는 요한의 형제로, 둘 다 어부였다. 예수를 만나 둘 다 안정된 삶을 버리고 예수를 따른다.

그런데 그날 저녁은 전혀 다른 것이었다. 풀 속에서, 아니 서서히 어두워지는 풀밭의 초록과 금빛 사이에서 둥글게 원을 만들어, 무리 지어 있을 때였다. 밤이 오기 바로 전이라, 그래도 아직은 보이는 시각이었다. 둥근 초에서 나오는 듯한 노란 불빛 아래, 무슨 걱정이 있는지는 모르겠지만, 서로 수군대며 모종의 공의회를, 모종의 자문회의를 하는 것 같았다. 눈에 잘 보이지 않는 불길을 받아 황금색으로 변한 이 짐승들. 한편, 하늘 가장자리에서부터 밀랍이 퍼져 곧 전체가 하얘질 것 같은데, 좁고 뼈가 툭 튀어나온 하늘의 이마 부분(거의 이미 대머리가 된)에 성스러운 석양 기름이 부어지며 태양 도유식이 거행될 때, 이 짐승들은 소관목들에 둘러싸여 그렇게들 모여 있었다. 그녀들 주변에는, 그러니까 그녀들을 지켜주고, 자리잡게 해준 그곳에는 철책 문이나 산울타리 같은 것은 없었다. 그저 전혀 다른 원이 있었을 뿐이다. 어둠이 파고드는 널따란 잎사귀들의 모임이라고 할까. 이것도 울타리라면 울타리겠지만, 그녀들을 가두거나 하는 건 아니고, 조용히 몸을 오싹거리면서 길을 터줘 어둠마저 지나가게 하는 잎사귀들이었다. 그 시원함 때문에, 어둠이 아래에서부터 올라오는 밤이 아닐까 하고 상상할 수도 있지만, 바닥 모를 불안을 야기하는 텅 빈 잔인한 밤은 아니었다. 그건 반투명한 밤, 아니 은빛 나뭇결무늬가 새겨진 나무였다. 그때, 이 양 무리는 하루의 마지막 유예라 할, 아직 조금은 밝은 한가운데로 모여들어 서로 더욱 몸을 밀착했다. 멀리서 보면, 그녀들이 무엇을 하는지 겨우 짐작만 할 수 있을 뿐이었다. 풀을 뜯어먹거나, 한 마리가 메에 울면, 나머지들은 듣거나 기다리는 것도 같았다. 그게 중요한 건 아니고, 밤이 임박해오는 가운데, 반짝거리는 차가운 고리 모양을 하고서 깊은 땅에서 스며나오는 기운의 보호를 받고, 받쳐주는 것 하나 없는 초에서 새어나오는 불빛의 도움을 받아, 전체가 아주 낮은 목소리로 '풀' '땅' '목장' 같은 단어들을 읊조리는 데 몰두하는 것 같았다. 그게 아니라면 '무한한 평화' '절대적 평화' '영원한 중심의 고요' 같은 것을 말했을 것이다. 시골 들판의 저 후미진 곳, 이 가사 학교, 아니 이 축사 저녁 미사의 마지막 수업. 읊조리고 듣는 낭송 수업. 훅 꺼진 불, 만물 속에 박힌 채 잠든 부드러운 선.

같은 장소, 다른 순간

반짝이는 10월 오후, 나는 바위 창문 쪽으로 몸을 기울여 본다. 잠시, 제 영역을 맴도는 맹금류 놀이를 해본다(조금만 참으면, 다른 해 같은 때처럼, 내 위를 활공하는 솔개도 볼 수 있을 것이다). 산허리에 모로 파인 동굴 속 동양의 은자를 모방하며 어린아이 같은 몽상을 별 위험 없이 실현하려는 것이다. 은자는 눈을 감고 명상한다. 소리 없는 말로, 나선의 저 안쪽으로, 더 아래로, 깊이 내려가며 우주의 네 개 모서리가 모여 있는 신의 보이지 않는 귀를 찾는다. 반면 나는 생각을 일제히 멈춘다. 내게 심장이 있다는 것을, 잊는다. 외양을 계측한다. 오늘, 나는 두 손 사이에 황금률을 가진다. 황금 저울이 있어 거기에 차례로 그림자, 바람, 먼지, 소리, 잎을 놓는다. 포석 끝은 거친 잡초로 끝난다. 무너진 거인들의 묘지 같기도 하고, 뒤집힌 거대한 탁자 같기도 한 이 무덤들은, 여기저기 다 부서졌어도, 마음이 놓이고, 모든 걸 다 받아주는 듯하다. 부드러움에 있어서는 그 어떤 것과도 비교할 수 없는 두터운 이끼들이 완전 점령한 이곳에는 녹색과 분홍색(좀 밝은 녹색, 좀 짙은 분홍, 아니면 갈색 또는 자주색으로 가는 분홍)의 밭이 길게 누워 있다. 그러니까, 여름의 문장紋章이라 할 푸른색과 황금색보다 더 가볍고, 더 싱싱하고, 더 해독할 수 없는 색. 쟁기질한 땅이 분홍이라…… 드넓은 밭이 초록이고 분홍이라…… 이 두 단어가 뭘 생각나게 하는지는 나도 잘 모르겠지만, 긴 실 맨 끝에 달린 그 무엇처럼 분명 기분이 좋아지고, 행복해지는 것. 두 단어가 거기서 그렇게 반짝거린다. 이 분홍은 꽃들의 분홍도 아니고, 자다 놀란 몸의 색도 아니다. 털 뽑힌 사냥감 색도 아니다. 그보다는 겨울 하늘색, 비단 두루마기 속의 등불색, 연기 자욱한 두터운 유리창을 통해 보일지 모를 잉걸불의 색이다. 바로 그 옆 녹색은, 내 두 눈이 새삼 몰두하며 즐기는 풀이다. 한 해가 저물고 있지만, 다시 또 새로운 풀. 진지하면서도 유쾌한, 잘 웃으면서도 말수가 적고, 부드러우면서도 거칠고 무성한, 샘물처럼 영원하고 싱싱한 풀이다. 이것이 풀이다, 소생한 자. 바로 거기서, 한여름에 나는 밤과 낮을 나란히 보았다. 이제는 거기서 아침과 저녁을 나란히 보지 못하는 것일까? 녹색과 분홍색…… 찾아보아도 나는 아직 단어가 없다. 녹색과 분홍색…… 어린 시절의 문장 같은 걸까? 아니면 첫사랑의 문장? 나의 몽상 저 안쪽에는 물 저 안쪽에 있을 법한 살살 떨리며 변형되는, 리본 같은, 이파리 같은 연애풍 목가가 있다. 더는 열리지 않는 시골 축제? 나는 다시 눈을 뜬다. 쟁기질과 햇살 가득한 풀을 다시 보기 위해.

일하는 사람은 여기 하나도 없다. 모두가 포도밭에 나가 있다. 바위들에 가려 내겐 그들이 보이지 않는다. 들리는 건 이들이 몸을 일으켜세울 때마다 줄지어 던져지는 이야기들의 파편. 지푸라기들 넘치는 헛간과 잡초와 꽃들이 그늘투성이의 무성하고 어지러운 정원들과 있을 뿐, 닫힌 집은 아무도 없고 텅 비었다. 울고 웃던 유년 시절이 숨어 있는 곳. 숱한 길을 걷다가, 그래도 똑같은 확신으로 울고 웃던.

초원 한가운데, 세 그루의 뽕나무가 서로 바짝 붙어 있다. 보이지 않는 자들을 위해, 부재하는 자들을 위해 세워진 하프처럼. 거기서 행여 목소리가 새어나올지도. 높지만 약한 철책처럼 이들은 거기 모여 있다. 철책, 수문, 체 같은 것들은 통행로 중간에 서서 개입하려고, 형태를 바꿔주려는 것들이다. 이들은 바람 또는 태양빛을 그렇게 여과해준다. 어쨌든, 그래서 이들 발치에 뭉쳐 있는 그림자가 잘 보이니까. 언젠가는 거기서 빠져나온 노래를 감지할지도. 이렇게 난 채색된 땅속에 뿌리박힌 시간을, 그럴 힘과 용기가 더 남아 있지 않을 때까지 다 여과하고 싶은 것이다.

가장 가까이 있는 새가 항상 같은 간격을 사이에 두고 여리게 부르짖는다. 빛 닿은 잎들이 눈부셔 안 보인다.

그 너머로는, 새하얀 수증기 속에 떠다니는 언덕과 마을의 작은 그림자 조각밖에 없다. 종소리 같은 건 울리지 않고, 바람이 마지막으로 한 바퀴 마실을 돌며, 나에게 저 멀리서부터 오느라 이것저것 뒤섞인 소식을 전해준다. 내가 다만 알아들은 것은, "여기, 여기, 여기"와 "삶, 삶, 삶"이다. 너무 자주 동요하는 나는, 자주 그만 발을 헛디딘다. 조금만 피가 탈선해도, 멀미를 한다. 그런 내가 다시 그 소식을 여기서, 그러니까 내 돌 창문에서, 신들의 젖 같은 빛 속에서, 여기, 바로 이 순간, 눈에는 잘 보이지 않지만 진짜 영관榮冠 아래서, 그 소식을 번역하려고 다시 나를 되잡는다.

두 빛

쾰른에서 짧은 여행을 하고, 모든 형상이 다 지워진 후에라도, 심지어 어두운 녹색과 분홍색, 금속색 언덕들 사이 잔잔한 라인강 위를 거의 감지할 수 없는 속도로 지나갔던 짐배의 형상마저 다 지워진 후에라도, 나는 미술관에서 본 두 개의 그림만큼은 기억하게 될 것이다.

에로스와 프시케가 있는 풍경. 클로드 로랭의 그림 제목이다. 우선 후경이 보인다(사진 복제본에서보다 내 기억 속에서는 그 후경이 더 넓게 보인다). 우선, 그 후경에 압도당한다. 다른 시선 속으로 빨려들듯, 거기로 빨려든다. 명확히 보이지는 않지만 구불구불한 강이 흐르고, 멀리 언덕들이 숨이 터질 듯 부풀어올라 있는 드넓은 평원이다. 하늘에는 몇몇 구름이 떠 있고, 이 거대한 공간은 넓게 퍼진 빛으로 변해, 그 빛에 흡수되고, 빨려들어가는 것 같다(아침에 보는, 은빛으로 물든 하늘처럼). 이 빛은 어두운 질감의 둥지 혹은 요람 속에 있는 것 같다. 그 가장자리에는 두 개의 나무 덩어리들이 있는데, 둘 모두 후경(왼쪽 나무는 조금 더 넓은 부분)에 서 있다. 그리고 두 나무 배경 사이 움푹 파인 땅 지대가 있다. 이런 구도는 전원 풍경화에서 맑은 차분함을 표현하기 위해 쓰는 가장 전통적인 방식이다. 다만 우리와 매우 가까이 있는 땅은 바로 그뒤에 있는 또다른 구멍, 혹은 하늘이 반사되는 기다란 못에 비춰 밝게 보인다. 그 결과, 어두운 땅은 훨씬 가벼워 보이고, 거의 매달려 있는 것도 같다. 저 멀리 있는 도시는(만일 있다면) 그다지 중요해 보이지 않는다. 왼쪽 나무들 아래 폐허가 된 주랑이 보이고, 오른쪽 나무들 아래 짐승들과 함께 목동들이 보인다. 반면, 드넓은 곳에 너무 작게 그려져 도리어 보지 않을 수 없는, 물속에 반쯤만 몸을 드러낸, 어린아이와 프시케라는 이상한 쌍이 있다. 프시케는 옷을 입고 물에 잠겨 있다(영혼의 순수함). 주로 등이 보이고, 양팔을 크게 벌린 채, 두 손은 하늘을 향하고 있어 인사와 환대의 동작을 취하고 있다. 이것은 둥지에 빛을 담아내는 땅과 나무의 동작을 재현한 것이다. 프시케의 팔과 옆모습은 이 풍경화에서 가장 밝은 포인트이다. 눈부신 후경, 땅, 잎들, 강물, 그리고 이 작은 쌍. 현재 보이는 건, 거의 검은 녹색과 은빛의 조화뿐이지만. 모든 것이 넓고, 조용하고, 순수하다. 좀더 귀기울여보면, 아니 좀더 이해해보면, 이건 거의 경이로운 침묵이다. 이것은 보이기 위한 장면이 아니다. 명확한 장소가 아니다. 자연 자체도 아니다. 이것은 차라리 광활한 대낮, 가장 솔직한 각성의 시간이다.

만일 목욕하는 여자에게 베일이 없었다면, 분명 더 흡족했을 것이다. 그렇다면 이 그림 속에는 청춘의 몽상이 모두 담겼을 것이다(그런데 만일 태양이, 정오에, 이 모든 그늘을 짓이겼다면, 만일 물 자체가 뜨겁게 타오르기 시작했다면, 그 여인에게서 베일을 다 걷어냈을 수도 있다). 환한 호흡처럼, 모든 것이 연기를 피워댄다! 모든 것이 반쯤 잠들어 조용한데, 뭔가가 올라온다! 내가 원하는 게 무엇일지 알 것 같다. 느끼지 못할 정도로 조용한 상승이 이어지는 것. 기저의 어둡고 무거운 각각의 작은 조각들이 밝아지고, 가벼워지고, 그러다 수렴되어 맨 마지막에는 환한 정상이 되는 것.

이상하다, 내가 굳이 찾지 않았는데도, 내가 그때는 생각하지 않았는데도, 같은 미술관의 또다른 작품이 떠오른

것은. 지금은, 그 작품이 이 작품을 보완하러(혹은 수정하거나, 반박하거나) 온 것 아닐지 하는 생각이 든다. 마치 첫번째 작품이 과거의 문장을 다시 듣게 해줬다면, 이 작품은 반대로 어떤 것을 내게 고지해주는 것 같다, 아니 아직 살지 않은 날들에 내가 어떤 방향으로 가야 할지를 제시해주는 것 같다.

이 렘브란트의 작품은 사제로 추정되는 한 인물의 초상화이다. 듬성듬성 턱수염이 난 마른 노인의 초상화*이다. 노인은 검은 주케토**를 쓰고 있고, 좁은 모피 영대領帶***가 달린 외투를 입고 있다. 어둠 속에 자연스레 내려와 있는 그의 오른손에는 코안경이 무심히 들려 있고, 왼손은 펼쳐진 큰 책 위에 놓여 있다. 그러나 이 그림은 무엇보다 겨우 그림자 속에서 나온 어둠(과 남자의 외투), 하나의 산처럼 조용히 전체를 지배하는 어둠에 대한 것이다. 전체가 가운데를 향하면서도, 즉 중심으로 수렴되면서도 동시에 한계 없이 밀도 있고 무한하며, 안정되

* 〈책상 앞에 앉은 학자〉(1870/1872)라는 제목으로 알려진 렘브란트의 그림인 듯하다. 렘브란트가 그린 자화상이나 다른 인물의 초상화에도 마른 노인의 형상은 자주 등장하는데, 이 그림은 다른 작품에 비해 덜 알려져 있다.

** 사제가 쓰는 작은 모자의 일종.

*** 사제가 미사 집전중에 걸치는 장식천.

고 열려 있어 절대적 일관성을 유지하는 가운데, 바로 노인이 있다. 노인은 부분적으로는 모피 영대가 걸쳐져 있는 외투와 그 태도 때문에, 아니, 그보다 더 내적인 이유로, 가타부타할 것 없이 위엄 있고, 더할 나위 없이 고요하며, 자신감에 차 있다(주먹이 빛나는 책 위에 놓여 있다). 이 산 같은, 기념비 같은 위엄(색도 없고, 장식물도 없고, 그 어떤 풍만함도 없는)은 그림이 가진 힘 중 하나다. 또다른 힘은, 압도적인, 무한하고도 어두운 집중성이다. 세번째는(서로 떼어놓을 수 없으니 다시 말해야 할까?)는 당연히 빛이다. 완전히 창백하다고도 할 수 있는 (창백한 금빛, 거의 죽은 혹은 기진맥진한 태양처럼) 빛. 커다란 책을 밝혀주지도, (목에 나팔 모양으로 벌어진 꽃장식 안에 들어 있는) 얼굴을 밝혀주지도 않는 빛. 하지만 빛은 그 둘로부터 새어나온다, 책과 얼굴을 등불 삼아.

따라서 이 그림에는 나무도, 물도, 공기도 없다. 널따랗게 펼쳐진 것은 더욱이 없다. 그저 무한한 그림자 속에 커다란 그림자가 있을 뿐이다. 시간에 지친 늙은 얼굴의 빛, 딱딱해진, 커다란 오래된 책의 빛. 남자는 정면을 바라본다. 동요하지도 않는다. 아마 미소도 머금고 있는 것 같다. 아무리 위엄 있게 그려진 것도 그 옆에 있게 되면 우스꽝스러워질 것이다. 태양과 그 마모로 태어난 빛이 거기 있을까? 남자는 의심하지 않는 듯하다. 바로 그래서 그는 산처럼 조용한 것이다. 그 어떤 것으로도 무너뜨릴 수 없는 산처럼.

아침을 보고 저녁을 보듯, 그렇게 이 두 그림을 나는 보았던 것 같다. 하루의 시간들이 우리에게 항상 똑같이 진실을 말해주는 것 같지는 않다. 시간이 흐르면서 명확했던 것도 가증스러운 거짓말이 된다. 천사 같은 아침은 멀리 가고 없다! 베일을 쓴 프시케는 더이상 날개를 파닥거리며 인사하지 않는다. 모든 게 땅에 끈적하게 들러붙어 있다. 물은 흔들린다. 심장의 껍질은 찢어진다. 이젠 님프들을 내세우고 싶지 않다. 사냥꾼들이 사냥감을 파괴하듯 그들을 파괴하고 싶다. 아니면, 그 님프들 속에서 파괴되고 싶다. 더욱 어두워진 님프들 속에서 파괴되고 싶다. 비상이 불가능하다면, 그 지옥색들 속으로 빠져 삼켜지고 싶다.

혹은 이런 얼굴들과 마주친다. 빛이 날개가 아니라, 방향성芳香性 진통제인 세계로 들어간다. 그런 것이 있다면, 피와 섞인 채로도 여전히 빛나는 그런 빛을 찾는다. 때로는 각자의 방식으로 우릴 속이지 않는 빛은 없는 것 같다. 하지만 때로는 대낮의, 고르진 않지만 고유하고 순수한 요소를 바라보듯, 우리는 그 빛들을 바라본다.

“꽃들은 아름답기만 해도……”

꽃들은 우리 눈에 아름답기만 해도 여전히 유혹적일 것이다. 그러나 때로 그 향기는 실존의 운 좋은 조건인 양, 돌연한 소환인 양, 가장 내밀한 생으로 우리를 회귀하게 한다. 보이지 않는 그 발산물을 내가 찾든, 아니 특히 꽃들이 스스로 내주든, 불시에 찾아오든, 나는 그들을 강하면서도 여린 표현으로 받아들인다. 물리적 세계가 함축하고 또 은폐하는 어떤 생각, 그 비밀에 대한.

— 세낭쿠르, 『오베르망』, 특별한 날짜 없이 1833년 쓴 단상 중에서*

* 에티엔 피베르 드 세낭쿠르(Étienne Pivert de Senancour, 1770~1846). 프랑스 초기 낭만주의 작가로, 『오베르망』은 서간체 소설이다. 프랑스 낭만주의의 선구적인 작품이다. 세상에서 의미를 찾지 못한 영민한 청년이 염세적 권태와 실존적 불안을 토로한다.

우리가 직접 경험하고, 곧이어 본질적이라고 판단한 것이 옛날 작가의 글에서 엄정하게 토로되는 것을 보게 되면, 이상한 기분이 든다. 우선은 좀 창피하다. 그러나 이어 놀랍다. 완전히 마음이 놓이기 때문이다. 여기서 내가 정말 놀란 것은, 세부적인 것까지 모든 것이 다 있기 때문이다. 오직 '아름다움'일 수밖에 없는 아름다움,* 그 내재화 효과, 외양에 숨겨져 있을 어떤 생각의 번역, 이런 종류의 매우 순수하고도 강렬한 부름 혹은 예기치 않았지만 그렇다고 의심스럽지도 않은 이런 부름의 조건들……

세낭쿠르처럼, 또는 이런 경험을 나와 비슷한 용어로

* 프루스트는 『모작과 잡록Pastiches et Mélanges』에서 러스킨에 대해 같은 말을 한다. "그런데 형이상학적 탐색이 단순한 예술 연구를 넘어서는 것과 같은 이유로, 아름다움은, 그것이 주는 쾌락만으로 그것을 사랑한다면, 풍요로운 방식으로는 사랑받을 수 없다. 행복을 추구하는 행위가 그 자체만으로는 권태에 이를 뿐인 것과 마찬가지다. 행복을 찾기 위해서는 행복이 아닌 다른 것을 찾아야 한다. 마찬가지로, 심미적 쾌락도 그렇게 주어진다. 만일 우리가 아름다움을 그 자체로 사랑한다면, 즉 우리 바깥에 존재하는 실재적인 것이면서, 그 아름다움이 우리에게 주는 쾌락보다 무한히 더 중요한 것으로 사랑한다면 말이다. 예술 애호가 또는 탐미주의자와는 아주 거리가 멀었던 러스킨은 정확히 그 반대로 칼라일과 같은 사람들 가운데 하나였다. 그는 그 천재성으로 쾌락의 허무함을 자각했을 뿐만 아니라, 그들 곁에는 영감을 통해 직관적으로 인식되는 영원한 실재적 존재가 있다는 것을 깨달았다" — 원주.

번역한 건 아니지만 비슷한 말을 한 다른 많은 작가처럼 나도 일찍이 꽃들이, 꽃을 포함한 많은 것이, '오로지 아름다운 것'일 수만은 없으며, 그것의 아름다움이, 아니 아름다움 자체가 그저 단순한 장식(가면까지는 아니어도)일 수만은 없다는 것을 깨달았다. 특히 어떤 순간, 어떤 장소에서의 나의 감정, 행복, 각성, "가장 내밀한 생으로 회귀" 같은 건 "물리적 세계가 함축하고 또 은폐하는 어떤 생각, 그 비밀"과 깊은 연관이 있다고 생각할 수밖에 없었다—이런 느낌들이 가진 깊이가 아니었다면 이를 결코 이해할 수 없었을 것이다. 이런 장소들, 이런 순간들을, 때때로 나는 무매개성의 힘 속에 그냥 놔두려고도 했다. 그런데 또 종종 그걸 이해하기 위해 그 안으로 날 더 밀어넣어야 한다고 생각했다. 그러면 동시에 내가 내 안으로 더 깊이 내려가는 느낌이 들었다. 아마도 그러면서 내가 깨달은 것은, 바로 거기에 유일한 언어가 있다는 것이었다. 즉발적으로, 거의 무의식적으로, 그것을 말하는 시인의 언어 말이다. 내가 믿는 것이 있다면, 바로 이 언어다.

여름 정원, 달이 나오는가 싶게
저녁이 다가온 순간,
나는 어두운 포도송이 하나를 딴다

시원해진 내 손가락

시는 이렇게 뭐라도 포착하려고, 몇 개의 단어를 가지고 온다. 이건 이야기도 아니고, 드라마도 아니다. 시간을, 조금 더 긴 시간을 요하는 성찰도 아니다. 다만 여러 감각들의 동시 발생, 아니면 적어도 감각의 약간 혼란스러운 집중이다. 이에 대한 분석은 그 맛을 고갈시킬 뿐이다. 낮과 밤 사이에서의 보류, 밤이 늦게 찾아오기 시작하는 한 해의 순간, 다시 말해, 어떤 막간, 거의 부당할 정도로 분에 넘치는 유예(온기의 연장, 감미로운 하루의 연장, 쾌락의 연장과도 같은 소중한 연장—절대 끝을 원치 않는 아이들의 놀이, 어둑해진 나무들 아래 아직도 더 나부끼는 아이들의 이런 목소리)와도 같은 이런 유보 속에서 눈은 멍하니 있다가, 오는 걸 포착한다. 존재를 포착하는 게 아니다. 이 빛의 출현을, 침묵이자, 부드러움이자, 투명함이자 신선함인 이 빛의 현현을 포착하는 것이다(갑자기, 그 어떤 소음도 내지 않고, 분홍빛 불빛 가루 한가운데 매달려 있는 초롱불. 옛날 풍의 동반자. 그걸 들어주거나 올려주는 석양의 수증기와 뚜렷이 구분되지 않는). 다가온 신선한 밤 같은 둥근 포도알에서 손은 땅 위에 서린 안개 같은 걸 느낀다. 동시에, 밤이 임박하자, 포도맛은 벌써 보이는 포도의 외양 그뒤를 가리키고 있다.

손가락이 들고 있는 이 싱싱한 구球에서 별이 보이는 것도 같다. 눈이 보았다고 기억하는 건 이 별이 아닐까?

(그래서 또, 가능하면 더 말하지 않는 게 좋겠다고도 느낀다. 혼돈, 일관, 완결, 이들이 다 유지될 필요가 있다. 바로 그래서 해석이 갈피를 못 잡고, 비평적 표현들이 종종 본래의 경험에 비추어 완전히 낯선 것처럼 보일 수 있다.

이 순수하고 작은 구들이 긴 간격들 사이에 그냥 매달려 있게 두면 안 될까? 그걸 다시 잇지는 말고? 가끔은 연속성—산문—속에 이 작은 구들을 통합할 필요를 느낀다. 이 산문이, 이 연속성이 아마도 그걸 다 폐허로 만들겠지만.)

나는 코스모스cosmos라는 단어를 생각한다. 그것은 우선 그리스인들에게는 질서 및 정연을 뜻했다. 이어 세상을 뜻하다 여성들의 장신구라는 의미도 갖게 된다. 시의 원천은 바로 섬광 속에서, 때론 천천히 배어드는 과정을 통해 이 세 가지 의미가 동시에 발생하는 순간이다. 이 순간, 저열한 것만큼이나 틀림없이 존재하는(슬프게도 저열한 것이 더 가시적이고 더 격렬하지만) 아름다움, 그 정연한 세계가 솟구친다. 지독한 의심을 거쳐, 결국은 시인들이 다시 돌아오고 마는 이 특이한 미끼, 함정.

특별히, 곳lieu이란 무엇인가?

내가 이 책의 서두에서 언급했던 그런 곳에 왜 사원이 세워졌고 나중에는 왜 그곳이 소성당으로 변했을까? 그곳에 근원이 있다는, 그곳에서 '중심'을 발견했다는 다소 모호한 감정 때문이 아니었을까? 델포이는 이러한 이유로 "세계의 배꼽"이라 불렸다. 착란으로 배회하던 시절, 횔덜린은 자신이 디오티마를 사랑했던 프랑크푸르트에 대해 이 표현을 기억해내 썼다. 하나의 형상이, 이런 곳에서, 정연한 표현으로 나온다. 마침내, 방향을 잃고 헤매기를 멈춘다. 전체적으로 모든 걸 다 설명할 수 없지만, 그걸 증명할 수도 없지만, 그건 마치 위대한 건축물이 주는 인상과 비슷하다. 여기에 새로운 소통이 있다. 왼쪽과 오른쪽, 주변과 중심, 위쪽과 아래쪽, 이들 간의 균형. 작렬하기보다 속삭이는 듯한 조화가 고스란히 느껴진다. 그래서 그 자리를 떠나고 싶지 않고, 조금도 움직이고 싶지 않은 것이다. 우리는 어쩔 수 없이, 아니 기꺼이 침잠한다. 떡갈나무들이 서 있는, 풍화된 돌벽. 이따금 산토끼 한 마리, 또는 자고새 한 마리가 지나간다. 이런 게 우리의 교회 아닌가? 우리는 다른 교회들보다 이런 곳에 더 기꺼이 들어간다. 공기가 부족한 곳, 우릴 비등시키기보다, 조용히, 가만히, 설교하는 곳.

이런 생각도 자주 하게 된다. 이런 곳처럼 완전히 정돈된 세계에서는, 기꺼이 위험을 감수할 수도, 무너질 수도 있을 것 같다는. 아니, 이런 세계에서는 그런 희생이 전혀 희생으로 느껴지지 않을 것 같다는. 문명의 이 위대한 순간들 사이로, 무릇 질서가 드러난다. 한편 생명은, 창조는, 이 질서가 약해지면 약해질수록 더욱 어려워진다. 중심이 분산되고, 절취되고, 지워지면서, 이른바 최고인 자들에게, 최고의 위대한 작품들에게 긴장이 생겨난다. 분란 속에, 허무 속에 던져져 자꾸 찡그리며, 잔혹해지고, 과도해진다. 괴물들이 경계의 극단에서 출몰한다. 절대 중심에서는 아니다. 우선은 향수, 우울, 몽상이 표현된다. 이어 절망, 착란, 반항이 온다. 마지막에 가서는, 무심함과 묵언이 오게 될까? 이를 가정해볼 수도 있고, 그게 두려워질 수도 있다.

이런 장소에 대한 상상은, 탈영자 같은 시골 시인들만의 꿈은 아니다. 별다른 생각 없이 이런 곳을 찾는 사람이 점점 많아지고 있다(게다가, 너무 많이 찾아간 나머지 그곳을 타락시키고 있다). 그들은 부조리한 실존으로 들들 볶이는 자들이다. 그들은 다만 여기서 숨을 쉴 수 있고, 인간적인 삶이 아직은 가능하다고 믿는다. 삶이 주는 그 모든 고통을 그럭저럭 견디게 해주는 삶이 가능하다고 믿는다. 그들은 직감적으로 여기 온다. 마치 짐승들이 물을 마시러 오는 것처럼. 우리로 말하자면, 오늘날은 상상하기 힘든 조화 속은 아니라도, 적어도 점점이 흩어져 있는 화덕 가까이에서 살 수 있는 행운을 얻었다. 균일하고, 변함없고, 보편적인 빛이 아닌, 간헐적인 반사광 또는 그 반사광의 반사광에 의한 빛을 섭취하며. 조화로운 파편, 부스러기들을.

(순수와 문화. 이 둘을 반대에 놓고 호환 불가능한 것으로 봐서도 안 될 것이다. 진짜 문화는 항상 천연 순수의 반사광을 간직하고 있다. 이런 반사광들은 조악하고 의뭉스러운 교육 시스템을 통하더라도 전달될 수 있다. 유죄를 선고해야 하는 것은 그 대상을 불임시키는 지식이다. 이는 시스템보다는 인간에게 더 큰 책임이 있을지도

모른다. 사실, 오늘날 많이 주장하는 것과는 달리, 이른바 문화를 구성하는 과거의 작품들은 그림자로 있기보다 밝게 비추고, 무겁게 짓누르기보다 날개를 달아주는 한에서 존재한다. 창작자를 마비시킬 만큼 뛰어난 작품이 얼마나 되는지, 또 정말 그만큼 완벽한지는 또다른 문제다. 작품은 우릴 삶에서 멀어지게 하지 않는다. 작품은 우릴 삶으로 이끌고, 더 잘살도록 돕는다. 더 높은 대상에 시선을 던질 수 있게 해주면서. 명성에 걸맞은 책이라면, 문처럼, 창문처럼 열린다.)

나는 생블레즈도 기억한다(마르티그* 북부의 그리스 유적지). 다른 곳보다 그곳에서 나는 그런 장소들이 어떻게 나에게 말을 거는지 훨씬 명확하게 깨닫게 되었다. 고고학적 설명을 읽기도 하고 이 설명을 그리고 있는 여러 삽화를 가만히 보기도 했지만 최근 여름 두어 번 그곳을 거닐었던 기억을 되살리는 정도에서만 의미를 가질 뿐이었다. 발굴지에 대한 이런저런 설명은 나에게 별다른 흥미를 주지 못했다. 다만 위로 올라갔을 때 이 폐허들 가운데 가장 눈길을 끄는 것이 있었는데, '시실리오트'(시칠리아에 있던 그리스식의 성채) 건축 기법의 제법 넓은

* 프랑스 남동부, 지중해를 면한 프로방스알프코트다쥐르 지방의 도시.

성벽 단면이었다. 지금으로부터 24~25세기 전에 이 언덕에는 삶이 있었을 것이다. 시장, 희생제, 거래, 분쟁, 웃음 같은 것들이 말이다. 그러나 그게 지금 내게 되살아나 감동한 건 아니었다. 한때 마스트로멜라, 우기움, 카스텔베이레 같은 이름으로 불렸던 이 지역의 역사를 더 잘 알고 싶다는 생각을 한 건 아니었다.

마르티그에서 나와, 이스트르 도로를 타면 이어 프랑스 남부로 접어드는데, 순식간에 아무런 손도 타지 않은 풍경 속에 들어와 있게 된다. 시간을 벗어난 분위기, 이곳은 당신에게 행복감을 주면서 거의 감지할 수 없지만 당신의 상태를 바꿔놓고, 당신을 훨씬 무엇이든 잘 투과되는 상태로 만들어놓는다. 생블레즈는 두 석호 사이에 올라와 있는 평원이었다. 도착해서 처음 보이는 쪽은 시티스Citis라 불리는 것이다. 폐허가 된 두 가옥이 물위에 솟아 있었다. 연안에서 그다지 멀지 않은 데다 그 낯선 모습이 주의를 끌면서 몽상마저 자아냈다. 다른 편, 그러니까 맞은편 연안에는 포플러나무들이 도열하듯 정확히 서서 경계를 이루고 있었고, 이런 지역에서 볼 거라고는 기대도 안 했던 푸르디푸른 초원이 펼쳐졌다. 초원에는 말들과 수레, 건초기 등이 있었다. 이 장면을 구성하는 각각의 요소는 너무나 분명하고 깔끔해 마치 풀을 베어 말리는 정경을 그린 옛 기도서의 미세화를 보는 것 같았다. 거의 지각할 수 없을 만큼 은은하면서도 놀라운 이런 풍경은 정말이지 황홀했다. 더욱이 시티스 호반에는 새들이 가득했다. 갈매기, 섭금류. 이들 상당수가 갈대 위나 물에 부분적으로 잠긴 덤불 위에 자리잡고 있었다. 우리는 구름 낀 저녁의 조개처럼 무지갯빛을 내는 라발뒤크 석호를 보면서 올라가고 있었는데, 그때 갑자기, 뻘과 해조류들로 뒤덮인 모래펄에 있던 백로 한 마리가 이쪽에서 저쪽으로, 그러니까 해가 저무는 쪽으로 비상하였다. 아마도 마법사였을 그녀는, 저녁을 가로지르며 침묵을 부풀리고 있었다. 아니, 어떤 깃털 얼룩 하나 없는 백색 자체였고, 일직선으로 비상한 것으로 보아 그게 정확히 무엇인지는 말할 수 없지만, 그보다 더한 무엇을 만들어냈다. 이어, 야생의 돌 속에서 그 자태를 유지하며 가장 단순한 기하학적 형상의 완벽함을 드러내는 그리스 마을을 향해 다시 내려오면서, 반쯤 경사진, 마른 점토와 갈대를 섞어 만든 길과 청록빛 물이 담긴 작은 운하를 따라 걸어왔다. 우리 위에는, 커다란 소나무들과 덩굴로 덮인 거대한 바위들이 있었다. 느린 물에서 겨우 감지되는 도란거림 외에 들리는 소리라곤, 우리 발걸음에 질겁한 청개구리들이 물에 뛰어드는 소리가 전부였다. 어찌나 속도가 빠른지, 겨우, 어쩌다 보일 정도였다. 또 어쩌다 들리는 새소리. 평원 정상으로 다시 올라가니, 소나무들 사이에서 부는 바람은 세상의 끝에서부터 온 것 같았다. 소나무들 몸통 사이로, 이제 막 수확을 끝낸 밀밭과 그 사이 협곡 하나가 보였다. 수확을 다 끝내, 훨훨 벗은 몸이 된 듯한, 흙색의 밭. 나를 사로잡은 건 바로 이 전체였다. 너무나 기가 막힌 이 전체. 사물들, 그리고 세계. 세계의 몸. 그리고 갑자기 보이는 것, 이 탁자들, 돌 지층들. 안이 좁은 벌집처럼 파인 무덤들은 떨어져 있거나 모여 있었다. 어떤 것은 바위와 함께 약간 기울어져 있었다. 이제, 거기서부터 걷는다. 낡은 금박이 칠해진 듯한 엉겅퀴 속을, 매미 소리 속을, 반짝거리는 못의 빛에 눈이 부셔 앞도 잘 보이지 않은 채 걷는다. 솔잎이 가득한 구유통들, 그중 몇 개는 아기 말을 위한 것인지 크기가 작고, 다른 몇 개에는 머리통을 받치도록 작은 돌 쿠션을 달아놨다…… 이 부드러운, 멀리서 오는, 계속되는 바람……

시를 이야기와, 아니 어떤 종류의 이야기와, 또 학문이라는 것과 구분 짓는 것이 바로 여기 있다. 내가 느낀 강력한 충격 속에, 백로의 비상은 적어도 바람의 소리만큼이나 중요한 역할을 했다. 너무도 순수한 형태의 성벽들과 야성적이고 강렬한 무덤들만큼이나 중요한 역할을 했다. 이들의 만남이 여전히 살아 있는 문장 하나를 불러일으킨다. 과거의 부활이 아니다. 명상도 아니다. 나는 생블레즈에서 제국의 운명을 명상한 게 아니었다. 히페리온은 그런 걸 했지만(휠덜린의 주인공이었지만, 휠덜린은 그 후속을 쓰지 않았다). 나는 이 모든 기호를 동시에 환영했다. 만약 내가 잘 선택하고 정렬했다면 이것을 읽은 다른 이들에게도 들렸을 것이다.

님프들, 신들…… 자주, 아니 너무 자주, 그들의 이름이 여기 적혔다. 나는 그것들이 하나의 표현 방법이라고 생각했다, 포착할 수 없는 것, 무한한 것, 문이 열릴 때 문턱 위를 지나가는 형상들을 말하기 위한. 물론 그것만 있는 건 아니다. 실제로 우리는 사포와 베르길리우스와 같은 하늘 아래 살고 있다. 우리 들판이 그들의 들판과 그렇게 다르지 않고, 우리 바깥의 그 어떤 것들은 그때와 동일하다. 몸은 같은 몸이고, 시체도 같은 시체다. 사실 나는 무엇보다 이런 지대에 끌린다. 그리스인들이, 또는 아시아인들이(결코 북유럽은 아니다. 아프리카도, 아메리카도 아니다) 빛을 방사하던 곳. 난 그리스를 보지는 못했다. 하지만 이탈리아의 경우, 진정한 사랑으로, 사랑했다. 고고학자나 미술사가, 아니면 지식인으로서의 태도를 취했던 건 결코 아니다. 이탈리아를, 아니 그 전체를 나는 하나의 선물로, 증여로 받아들였다. 다시 말해 이탈리아의 도시들, 행인들, 소음, 풍경, 그리고 이런 것들에 섞여 있는 기념물, 기억이 서려 있는 그 모든 것. 그런데 폐허보다 그 연속성을 더 잘 입증하는 것이 없다(산클레멘테, 로마의 전범. 바로크에서 고전주의, 기독교, 이렇게 거꾸로 역행하여 그리스 신들로, 미트라 제단에 이르기까지. 거기서 더 깊이 들어가면 정체 모를 지하수가, 아마도 시궁창이 으르렁거릴 것이다). 모든 게 한 세계를 이루고 있었다. 교훈이라면 내겐 삶, 환희, 현재였다. 그곳에서의 희귀하고도 소중한 여행에 내가 무엇을 빚졌는지 몇 번이고 생각해봤지만, 시간은 나에게서 빠져나갔고 서서히 추억들은 너무나 흐릿해졌고 불완전해졌다. 하지만 나는 체르베테리*에서 나를 사로잡았던 침묵을 되찾는다. 그곳의 각 무덤은 응회암 속에 파여 있는 방, 삶의 모사, 폐부를 찌르는 거짓말이었다(그때 나를 사로잡은 것은, 비록 오래전이라 확신할 수는 없지만, 무덤들이 제법 흩어져 있던 타르퀴니아와는 달리 너무나

* 에트루리아인들이 세운 도시국가로, 특히 대단위 공동묘지 반디타차 네크로폴리스 유적지가 유명하다.

조용한 가운데 풀이 무성한 작은 언덕들처럼 모여 있던 봉분들이었다. 그때 찍은 사진을 지금 보면, 어두운 다공질 돌의 질감에 그 정합적 모사의 지극한 단순함이랄까. 침대, 옥좌, 문, 원주, 천장 형태. 지극히 순수하면서도 야성적이고, 기념비적인 자태를 드러내면서도 괘씸할 정도로 서툴고 투박한. 원초적인 힘들에 대해 원초적인 반항을 드러내며. 마치 오래된 연장이 우리의 새 연장보다 더 가깝고 더 듬직한 세계를 말해주듯이. 더 느리고, 더 자신 있고, 더 집념 있는 발걸음을 보여주듯이). 그 비슷한 침묵이, 아니 아마도 거의 아연실색에 가까운 침묵이 쿠마에서 나를 엄습했다. 모든 게 수렴되면서 합해지는 곳. 나이를 알 수 없는 포도밭, 행복하게 길을 잃을지도 모를 조금은 어수선하고 호사로운 전원. 입문 절차를 따라가듯 분홍 꽃들의 채도가 바뀌며 계단이 올라갈 때마다 가슴도 함께 벅차오르는 협죽도 길. 그리고 지금은 말이 없는 입들로 가득한, 이 다공질의 바위. 그 바위 속으로 들어가고, 혼돈 속 가장 단순하고 선명한 형태로 그려진 길을 따라가며, 오른쪽에 있는 틈으로 약 20보 정도마다, 찬가의 환희 넘치는 후렴구 같은 바닷빛이 내실까지 쏟아져들어왔는데, 그곳은 거의 순수한 형태로 그려진 방으로 심연의 목소리가 붙들려 있는 곳이었다. 다른 곳과 마찬가지로, 기술자들은 물을 잘 잡아놨으나 여인의 입에서는 거품이 나고 있었다. 바로 거기서 다시, 더 깊은 곳으로, 땅속으로, 시간 속으로, 아니, 그 자체 속으로 들어가는 것 같았다. 다시 한번 더 중심에 가까워졌고, 그 중심에서 나오는 어둡고 야성적인 발산물이, 완벽하고 단순하게 잘 정리되어 있는 일종의 저장고 안에 담겨 있는 것 같았다. (사원의 형태가 텅 비고, 엄격하고, 극도로 헐벗으면, 거기 갇혀 붙들려 있던 신들은 이제 더 무한하고, 더 가깝고, 더 폭력적인 존재가 된다. 성당에 장식이 많아질수록, 신은 멀어지거나 약해진다……) 그리고 드디어 캄파니아 지방을 지나가는데, 이곳은 포도 수확이 한참이어서 벌겋게 번쩍거린다. 빛이 도끼질하듯 온 거리를 패고 쪼개는 도시 나폴리가 여기서 그리 멀지 않다. 나폴리에서는 모든 것이 (사랑도 비참도) 진열대에 놓인 물건처럼 눈에 확 띈다. 한밤중인데도, 어둠 밖으로 자동차들이 총알처럼 튀어나와 대로에 즐비하다. 보이지 않는 어떤 여인이 비명을 질러도—칼에 찔렸는지, 겁탈을 당했는지, 아니면 명명할 수 없는 어떤 사고로 희생을 당했는지—지나가는 사람 그 누구도 뒤돌아보지 않을 만큼 소란스럽고 음험한 이 도시. 그 맹렬한 아름다움. '새로운 도시'라는 의미의 이름이 연상시키는 달콤한 꿈과는 반대의 모습. 그러나 이 달콤함은 이 도시에, 한낮의 숨막히는 작은 극장, 우중충하고 탁한 터널galleria 속에 켜켜이 쌓여 있는 무리들을 전율시키는 노래 속에 담겨 있다—그리고 여기서 멀지 않은 곳,* 아름다운 정원들이 있던 발굴된 도시 속 위대한 "신비의 빌라"가 있다. 그 그림들의 연속성과 세부성을 조금이라도 이해해보기도 전에, 베일을 걸쳤거나 나체인 몸들, 기다리며 생각에 잠겼거나 조용한, 놀란 얼굴들에서 흘러나오는 노래의 위엄과 근엄함, 순수에 벌써 완전히 압도당하고 만다. 우연인지 장면을 밝혀야 했을—사랑에의 입문을 그리고 있으니까—아리아드네와 디오니소스의 모습은 이 벽화에서 유일하게 손상된 부분이라 그들의 얼굴은 볼 수 없다. 그러나 시선은 인간을, 여성을 그린 선의 형상에 붙들린다. 알고 있거나, 알 때까지 기다리고 있거나, 묵묵히 맡은 일을 하고 있거나, 고통스러워하거나, 돕는 모습들. 벌받는 여인에게서 춤추는 여인이 튀어나온다. 둘 모두 나체이다. 기다림, 공포, 고통, 욕망, 도취, 삶의 이 모든 형상적 선이 붉은 바탕 위 주랑의 찬가와 화음을 맞추고 있는 듯하다. 가공할, 갈구하는 사지가 거기 있다. 베일을 쓰고 있지만, 산처럼 있다. 하지만 인간의 모든 감

* 폼페이를 말한다. 폼페이 유적지에 있는 일명 "신비의 빌라"는 기원전 2세기에 지어진 것으로 추정되는데, 로마시대에 유행한 프레스코화, 특히 〈디오니소스 밀교 숭배〉가 보존되어 있다.

정, 모든 동작, 심지어 가장 격렬한 충동들이 아직은 신들의 시선 밑에 있다. 공포와 절망으로 데려가지도, 세계를 파괴하지도 않고, 균일하고 평온한 듯 보이는 빛을 퍼트린다. 이 그림들은 지금도 우리 앞에서 또 한번의 신비한 변형을 완성한다. 쾌락과 고통이 하나로 조화된 몸을 기린다. 사포에게 있었던 그토록 뜨겁고, 그토록 순수한 몸이 그것이다. "황금보다 더 황금빛으로 눈부신" 몸. 이 그림들은 이 몸을 상스럽지 않게, 엉큼하지 않게, 찌푸리지 않고 진중히 기린다. 향수 없이는 볼 수 없는 그림. 향수가 불러일으키는 아름다움이 오로지 그림의 몽상 속에만, 당대 몇몇 사람들의 몽상 속에만 존재한다고 할지라도. 땅과 하늘 사이에서, 밤과 낮 사이에서 균형을 이룬 이 아름다움. 두 부재 사이에, 두 음영 지대 사이에 걸려 있는 한 여인이 무한히 밝게 빛나는 이 순간.

멧돼지와 비둘기가 하나되는 짧고, 포착할 수 없는, 어쩌면 상상적인 순간.

"상들이 그토록 단순하고, 그토록 성스러워……"

그리스 신들에 대해 횔덜린만큼 유용하게 질문을 던진 근대인도 없을 것이다. 고대인들이 제단을 세웠던 장소에서 나도 신들의 존재가 느껴져 감동한 적이 있다(만일 내가 제단을 세웠다면, 미지의 신에게 바치는 제단이었을 것이다). 그러나 횔덜린에게 이 신들은 정말 하나의 실재로 느껴졌기에 그는 거짓 없이 이 신들을 명명하고, 호소할 수 있었던 당대의 유일한 시인이었다. 다른 사람들에게, 그리스 신들의 존재는 그저 개념이자 상징, 장식이었다. 그러나 강력하고 순수한 향수 덕분에 그에게 신들은 빛을 발했고, 실제로 숨을 쉬었다.

이런 세계가 우리 모두를 둘러싸듯, 소년, 또 청소년 횔덜린을 둘러쌌다. 그곳은 교회를 중심으로 한 작은 마을이었고, 조용한 강물을 건너야 닿을 수 있었다. 길 위로 시간이 새겨놓은 흔적으로는 오직 산책자와 마차, 비옥한 계곡과 숲, 멀리 펼쳐진 산뿐이었다. 횔덜린은 그러나 이들을 보지 않았다. 최초의 충동, 최초의 불안으로 동요되었기 때문이다. 당시 그가 신, 조화, 자유, 불멸, 정령 등으로 구분하지 않고 불렀던, 이 최고로 높은 자, 최고 중의 최고인 자를 향해 치닫던 최초의 생각으로 가득했기 때문이다. 그러나 어린 시절의 추억에 대해 열다섯 살에 쓴 시의 한 연과 1788년 여행(시인은 당시 열여덟 살이었다)에 대한 글은, 가끔은 외부 세계에 대한 무관심이 깨지기도 했음을 드러낸다. 그러기 위해서는 일종의 격렬한 출현이 필요했다. 내가 말하려는 특히 놀라운 두 경우에서는 강물의 출현이 바로 그것이었다. 강물은 두 경우에서 모두 횔덜린에게 거의 오싹한, 그야말로 격앙을 동반한 강렬한 붙들림 현상을 일으켰다. 그때까진 주로 관념적으로 추구되던 최상의 자, 최고로 높은 자가 전혀 예상하지 않았을 때, 세계 속에서, 혹은 세계를 가로질러(여기서는 강 속에서 혹은 강을 가로질러) 그에게 나타났다는 설명 말고는 어떤 설명도 불가능했다. 이런 잊을 수 없는 만남들을 청춘의 열기로만 치부할 수 없다는 것은 그의 작품 전체가 입증하고 있다. 특히 1801년 봄, 그러니까 이별을 겪은 후 쓴 편지에서도 분명히 드러난다. "이 반짝이는 영원한 산들을 보면 당신도 저처럼 놀라실 겁니다. 만일 전능한 신이 지상 위에 옥좌를 가지고 계신다면, 그것은 산들의 꼭대기에 있을 겁니다. 나는 아이처럼 잠시 여기 머물 뿐입니다. 그 경이에 놀라고, 침묵 속에 유희하며, 하늘과 가장 가까운 언덕 위에 서서, 높고도 높은 에테르에서 사랑스러운 계곡까지 산들이 한 단계 한 단계 내려가는 것을 봅니다……"* 이렇게, 가시적 세계의 어떤 형상 속에서 미지의 것, 보이지 않는 것, 무한한 것이 그에게 다가온다. 그것을 표현할 다른 단어가 없다. 횔덜린은 이를 통해 고대인들의 종교적 체험과 조우했다. 그는 플라톤의 몇몇 대화들, 『일리아드』 또는 핀다로스 송가풍의 『비극』에 심취했었다. 그리스 세계에 대한 그의 사랑은 너무나 강렬하여서 이러한 존재들이 그리스 신들을 통해 형상화될 수밖에 없었다. 이런 붙들림과 아연실색은 언제나 첫번째 반응으로 나타났으며 그게 아니었다면 그의 시는 지적인 유희에 불과했거나, 급속도로 쇠퇴했을 것이다. 모든 것이 그에게는 항상 무한성과의 만남 또는 충돌로 생겨났다. 이 무한성을 그는 기꺼이 신성이라 부르기도 했다. 그

* 프리드리히 횔덜린, 『플레야드 전집Œuvres complètes』, Paris: Gallimard, 1967, 992쪽.

만남은 본질적으로 수수께끼 같았지만 한 존재나 나무와의 만남만큼이나 실재적이기도 했다. 이 신성, 이 신들은 횔덜린에게 아주 가까이서 느껴졌다. 하지만 그것은 텅 비거나 퇴색되고 어두운, 기나긴 시기를 지나고 나서야 느껴지는 것이었다. 하여, 그는 그리스가 신들의 근접성이 항시 유지되던 시대라는 생각을 하게 된다. 이 근접성은 위협이 아니라, 낮의 균등한 빛이며 축제였다. 인간들과 신들 사이 화합의 축제. 최고의 조화. 그가 어디선가는 "합창"이라 부르는 것. 홀로 처하게 된 고독한 자의 노래와는 비교되는.

이 빛을(그리스 작품들에 그 반사광이 그대로 남아 있었다) 그의 주변에 있던, 그의 시대에 있던 조악한 빛과 비교한다는 것이 우선은 망연자실할 노릇이었다. 횔덜린은 아주 능히 향수 속으로 깊이 빠질 수 있었을 것이다. 그가 처한 삶의 여건에서 그 어떤 다른 것도 그를 도와줄 수 없었다. 그는 어머니가 그토록 열렬히 원했고 학업에 따라 자연스레 그 길을 갈 수도 있었을 사제직을 받아들이지 않으려면 가정교사라는 굴욕적인 직업을 수행해야 했다. 또한 그는 평생 어머니에게 자신이 부담을 주고 있다는 것을 의식하고 걱정했으며, 해가 가면서 점점 더 고독해졌다.* 그가 사랑한 단 한 명의 여인이었던 주제테 공타르와 2년간의 정열적인 연애가 끝난 후 그는

『히페리온』에서 그녀를 이상화하기도 했지만, 이 사랑이 철저히 비밀스러운 것이었다는 것을 잊어서는 안 된다. 작가 초기 시절, 그에게 허락된 소중한 버팀목을 박탈당한 그였다. 그러나 초감각적으로 예민한 그에게 분명 우리가 알 수 없는 천재적인 에너지, 어떤 확신, 불굴의 신념이 있었음은 틀림없다. 그리스 세계에 대한 희망 없는 숭배에 빠져드는 대신, 그리스 작품들에 대한 심려한 고찰을 통해 이제 이 시인은 자신이 가는 길이 전혀 다른 길이 될 것을 알았다. 왜냐하면 그의 출발점과 종착점 역

* 횔덜린의 아버지는 수도원 행정을 담당하던 관리였으나, 횔덜린이 두 살 되던 해에 뇌졸중으로 세상을 떠났다. 이후 그의 어머니는 뉘르팅겐 시장과 재혼했으며, 어린 시절의 횔덜린은 비교적 유복한 환경에서 성장했다. 하지만 새아버지가 독감으로 인한 폐렴으로 사망하면서 어머니는 깊은 슬픔에 빠졌고, 어린 횔덜린은 그런 어머니의 고통을 가까이에서 목격하며 자랐다. 횔덜린은 튀빙겐 신학교에 진학했지만, 어머니가 바랐던 성직자의 길과는 다른 방향으로 나아갔다. 그는 그곳에서 헤겔, 셸링 등과 교류하며 철학적 영향을 받았고, 칸트의 비판 철학과 고대 그리스 문학에 깊이 빠져들었다. 이후 프랑크푸르트의 한 부유한 은행가 집에서 가정교사로 일하던 중, 은행가의 아내인 주제테 공타르와 사랑에 빠지게 된다. 횔덜린은 그녀를 자신의 작품에서 '디오티마'라고 부르며, 그녀에 대한 감정을 문학적으로 표현했다. 그러나 둘의 관계가 발각되면서 횔덜린은 가정교사직을 잃었고, 사랑과 직업을 동시에 잃은 그는 큰 고통에 시달리며 점차 정신적인 균열을 드러내기 시작했다. 이 시기 횔덜린은 극심한 어려움 속에서도 문학적으로는 가장 왕성한 활동을 펼쳤고, 그의 대표작들이 이 시점에 탄생하며 문학적 절정기를 이루었다.

시 다르기 때문이었다. 낯선 외국을 향해 모험을 떠난 정신은(그의 정신의 경우 끊임없이 그리스를 향해 날아갔다) 이어 고국으로 돌아와야 한다는 것을 그는 알고 있었다. 비록 역설적으로, 고국이 가장 접근하기 어려운 곳이라고 해도 말이다. 그의 시에서 결국 완결되는 이 귀환, 바로 이 속에서 횔덜린은 필히 그리스도를 되찾았을 것이다.

사실, 그가 홈부르크로 떠나기 전 쓴 편지와 작품을 피상적으로 본다면, 신을 잊었다거나, 의식적으로든 아니든 이를 뿌리쳤다는 생각이 들기도 한다. 그가 전도해야 했을 하느님 대신 그리스의 행복한 신들에게 자리를 모두 내어주려 했다는 생각이 들기도 한다. 왜냐하면, 큰 두 발견 사이에서 양분되어, 이제 거의 하느님을 말하지 않기 때문이다. 하나는 "그의" 그리스 세계이고, 다른 하나는 칸트의 세계(그리고 이어, 그리스의 화신이라 할 디오티마의 세계)이다. 또한 목회자라는 직업을 망설이며 그에 대해 아무 말이 없는 그를 보고 불안해진 어머니가 이를 묻고 또 물으면 그는 답을 회피했기에 그의 신앙이 흔들리는 것처럼, 아니면 적어도 더이상 이른바 정통의 기독교는 받아들이지 않을 것처럼 보였다. 하지만 『히페리온』이 끝나자마자 그는 또다른 주인공을 그려내며 내면의 비밀스러운 갈등을 드러낸다. 그 주인공으로 그는 엠페도클레스를 선택한다. 주인공과 그 틀이 그리스적이긴 하지만, 그리스도의 상이 제법 여러 곳에서 나타난다. 그리고 특히 한 민족, 또는 인류 전체의 갱생을 위해 자신의 생명을 바치는 희생에 대한 사유가 나타난다. 이 시기에 또한 그는 그리스의 조건과 그가 헤스페리아*라 부른 근대 서구의 조건 사이의 정확한 관계를 설정하려고 성찰한다. 결국 그는 서구의 운명을 그리스의 운명보다 더 '정신적', 즉 더 내적인 것으로 본다. 따라서 그리스도를 다시 만나지 않을 수 없게 된다. 「평화의 축제」 찬가의 초안(1801년 초에 쓴 것으로 보인다) 또는 「일체」라는 제목의, 훨씬 후대에 쓴 미완성 찬가를 읽어보면, 이런 구절이 나온다.

> 도대체 무엇이,
> 행복한 고대의 강가에 있는가?
> 도대체 무엇이 날 이렇게 묶어, 내 조국보다 이 강가에 더 큰 사랑을 갖게 하는가?
> (…)

* 그리스신화에서 저녁의 나라, 서쪽의 나라를 뜻한다. 헤스페리데스는 세상 서쪽 끝에 있는 축복받은 정원을 돌보는 님프들이고, 닉스의 딸들이다.

하지만,

오, 고대의 신들이여! 그리고 그대들 모두, 오,

신들, 너무나 용감한 아들들,

내가 아직도 찾고 있는 자가 이들 중에 있으니(내가

사랑하는 당신들 모두들 가운데 또 그가……*

여기 의심의 여지 없이 그리스도의 형상이 나타난다. 그리스 신들과는 다른 방식의 그리스도가 그와 아주 가까운 곳에서 머물러 있었을 것이다. 이 형상은 세계 내에서 이루어진 만남이 아니라 아마도, 어린 시절의 추억, 특히 그때 읽었던 성경, 너무나 열띠게 읽었던 성경과도 관련될 것이다. 그리스신화 및 우화에서 끌어낸 장면들만큼이나 성경 속 어떤 장면들은 그의 눈에(그리고 그것을 읽는 우리의 눈에도) 뇌우, 땅바닥에 던져진 태양 얼룩, 꿀벌들의 윙윙거림, 또는 "넝쿨처럼" 걸려 있는 비 같은 자연의 외양과 똑같은 강도와 밀도의 현실성을 띤다.

그리스도가 지극히 부드럽게 소환되는 「일체」 「평화의 축제」 「파트모스」 같은 찬가들, 혹은 이것보다 조금 전에 쓴 「빵과 포도주」 같은 비가를 읽으면, 복음주의적 회상에 젖어 있기까지 한 어떤 부름이 솟구치는데, 이게

* 같은 책, 863쪽.

꼭 정통의 기독교와 일치하는 건 아니다. 횔덜린에게서 그리스도는 그리스 신들 중 최후의 신, 분명 가장 소중한 신으로 이해되고 사랑받는다. 디오니소스와 헤라클레스의 형제인 그리스도는 죽음을 통해 신과의 소원한 거리를 마치고, 신들이 부재하는 밤을 개시한다. 이 밤 동안 시인은 신들의 흔적만을 살필 수밖에 없다(이어, 횔덜린이 정말 말하고 싶었던 것이 이것일 수 있는데, 더 진실한 충실성을 위해 나중에는 이 흔적들마저 잊어버릴 수밖에 없다).

횔덜린의 그리스도는 아담의 원죄를 지우기 위해 십자가에 못박힌, 고통받는, 희생제에 바쳐진 그리스도라기보다 '치명적인 운명'에 의해 말씀이 중단된 그리스도이다. 그러나 헛된 것은 아니다. 도리어 인간들을 너그럽게 봐주기 위한 것으로 (이것은 횔덜린이 자주 반복하는 확신 가운데 하나인데) 인간들은 신성의 근접을 오래 견디지 못할 것이기 때문이다. 그리고 이른바 광기 이전에 쓴 (파편적 형식의) 시들을 보면, 어쨌든 기독교적인 계시를 전적으로 받아들여 그리스도를 위해 그리스 신들을 포기한 것은 아니다.

이 시기 가장 많이 가필된, 가장 격렬한 시들을 썼는데, 나로서도 이런 시들에서 확실한 의미를 끌어내는 것은 힘들다. 하지만 그가 표명하는 것은 이상하면서도 매혹적이다. 모든 것이 시인을 향해 다가오는 것처럼 보인다(모든 것, 다시 말해 신들이면서 사물들, 그러나 또한 가장 압도적으로 나타나는 생각들—영화에서, 클로즈업 되면서 저 멀리서 무엇인가 도래하는 것 같은, 또는 불확실하게 보이는 어떤 인물이 도래하는 것 같은 그런 장면으로 표현될 수 있을 것이다). 젊었을 때 쓴 시들에 부재한다고 할 수는 없지만, 멀리 있는 것처럼 표현된 것, 다시 말해『히페리온』에서는 우울감에 가려져 있던 것이, 그 외양이 1800년 무렵에는 어떤 정확한 거리를 유지하며, 그의 위대한 시들에서 지배적인 균형감을 갖고 나타나기 시작한다. 이제, 특히 파편적인 시들(횔덜린은 이런 시들에서 우리와 가장 가까워진다)에서 그것은 시각적 반영처럼 밀도와 강도를 갖는다. 「파트모스」는 다음 두 행으로 시작한다.

완전히 가까우나
잡기 어려운 것, 신!*

떡갈나무도, 벚나무도, 포도송이도, 꿀벌도 동일하다. 한

* 같은 책, 867쪽.

데 가장 매섭고, 거칠고, 떫은 어떤 존재가 이상적인 아름다움의 뒤를 잇는다. 「가니메데스」**의 "떡갈나무"들은 광석 "찌꺼기"가 된다. 「파트모스」의 "꽃들이 만발한 정원"은 그 마지막 판본에서는 "향신료들로 정신을 몽롱하게 하는 정원"이 된다. 항상 "황금빛"이었던 별들은, 「그리스」의 세번째 판본에서는 "가장 누런색"이 된다. 미적 감수성에 반하는 이런 사물들의 쇄도는 보르도 여행 이후에 쓴 것으로 보이는 「사실상 심연에서」라는 파편적 시에서 비로소 터진다.

…그 도시에서
콧구멍까지 아플 정도로,
레몬 냄새가 기름이, 프로방스 지방에서…… ***

지금 우리 시에서 이런 구체적인 묘사는 놀라울 것이 전혀 없다. 하지만 19세기 초반에는 아연실색할 만한 것이었다. 한편, 여기에는 어떤 생각이 꽉 오므라들어 있다. 영혼 깊숙한 곳에서 작동하는 격렬함이 곳곳에서 터진

** 신화에서 가니메데스는 제우스에게 납치되어 신들에게 술을 따르는 트로이의 미소년으로, 남색 상대로서의 미소년을 의미하기도 한다. 천문학에서는 목성의 위성이다.

*** 같은 책, 914쪽.

다. 「파트모스」에서는 사후 제자들을 따라다니는 그리스도의 "그림자"였던 것이, 훨씬 후대본에서는 "페스트"로 비유된다. 이게 그리 강하지 않았다는 듯 그다음에는 이렇게 손질된다. "신의 얼굴을 페스트처럼 파손하며, 사랑하는 사람의 그림자가 바로 그들 곁에서 걷고 있다." 주님의 "분노"가 하늘에다 그 기호들을 증식해놓는다. 불태우고 파괴하는 사물들 또는 존재들이 곳곳에서 튀어나온다. 여기서는 과장이나 비유 없이 횔덜린이 갈망의 대상이자 두려움의 대상인 불을 향해 걷고 있다고 말할 수 있을 것이다. 완전히 다 타지 않도록, 그는 적절히 격려와 권고를 늘어놓는다. 드디어, 이때까지 "아름답게 잘 정돈됐던" 상들이 서로 부딪히고 현기증이 날 정도로 서로 떼밀리며, 신비스러운 상을 만든다.* 장소와 시간이 뒤섞이고, 여태 그 어느 시인이 던진(랭보를 제외하고) 것보다 순수한 절규가 오래된 확신을, 오래된 희망을 아주 난

* 콜럼버스에게 바치는 찬가의 초안에서 가장 탄복할 만한 글 하나가 나온다.

왜냐하면
조금만 잘못하면
마치 눈에 흐트러지듯 흐트러지기 때문이다
종이 울린다
저녁식사를 알리는 종이.(1226쪽)

폭하고 거침없는 형태로 다시 말하며 한가운데서 터진다.

오 내 심장은
빛이 감지되는
틀림없는 크리스털이 된다……**

병동에 수용되기 전 마지막 초안에서까지 완전한 조화에 대한 꿈이 나타난다.

하늘의 혼인 노래가 솟는다.
완전한 휴식, 황금색 자줏빛. 그리고 여기 신의 작품,
지상의 이 모래 섞인 꺼칠꺼칠한 구, 그래, 해안海岸이
메아리친다.
간명한 건축, 밤의 초록이,
그리고 정신, 주랑들의 배열과 관계가,
정말 완전한, 동시에 중심인……***

이 시행이 전체 찬가와 어떤 관계를 갖는지 포착하기는 어렵다. 하지만 여기서는 그 상이 있는 그대로 미결 상태처럼 걸려 있어 하이쿠를 떠올리게 한다. 내가 이 몇 자 안되는 단어에서 나를 살게 만드는 **무한한 열림**을 발견한다고 말한다면, 몇 명은 내 말을 이해할 것이다 — 원주.

** 같은 책, 914쪽.

*** 같은 책, 915쪽.

이렇게 출발과 귀가의 이중 운동이 그려지고,

이어, 마지막 초안들과 이른바 광기의 시기에 썼던 특징적인 작품들 사이에, 그러니까 그 경첩에, 바이블링어*가 발견한 놀라운 시 「근사한 푸르름」이 온다. 이 시에서 횔덜린은 오이디푸스에, "그리스의 가난한 이방인"에 자신의 감정을 이입한다. 이렇게 쓴다.

> 상들이 그토록 단순하고, 그토록 성스러워,
> 때로는 무섭다. 사실, 그것들을,
> 여기에 묘사하는 것이 무섭다……**

세계 앞에서의 부끄러움, 이제는 가장 익숙하고, 가장 상투적인 모습으로 축소되었지만, 여전히 '성스럽게' 보이는 이런 부끄러움이 횔덜린의 마지막 시를 지배한다. 목수 치머의 집에 받아들여진 1807년 여름부터 그의 생애 마지막 절반까지, 즉 36년을 그는 그 집에서 살며 이런 시를 쓰게 된다. (그의 생애 마지막 시기에 쓴 작품들 간의

* 슈투트가르트의 고등학생이었던 빌헬름 바이블링어는 1822년 무렵 횔덜린을 방문하여 함께 산책을 하곤 했다. 1827년 그는 「프리드리히 횔덜린의 삶과 문학, 그리고 광기」라는 논문을 발표한다.

** 같은 책, 940쪽.

정확한 상관성을 파악하는 데 나는 베르나르트 뵈센슈타인의 연구에 많은 빚을 졌다.)

1799년 7월 누이에게 쓴 편지를 보면, 그는 이 시기를 이미 예견한 것 같다. "각자 자기 나름으로 기쁨을 찾지. 누가 그걸 완전히 무시할 수 있겠어? 내 기쁨은 이제 화창한 날, 유쾌한 태양, 초록이야. 이것에 그 어떤 이름을 주든, 난 이 기쁨을 두고 스스로를 탓할 수는 없어. 게다가, 난 내 곁에 다른 기쁨이 없어. 다른 게 생길지언정, 난 이 기쁨을 절대 버리거나 잊지 않을 거야. 왜냐하면 이 기쁨은 아무에게도 잘못을 하지 않기 때문이야. 이건 절대 늙지도 않아. 그래서 정신은 거기에서 많은 의미를 찾게 되지. 내가 희끗희끗한 머리의 어린아이가 될 때, 봄이, 여명이, 석양이, 날 매일 조금씩 다시 젊게 만들어줬으면 좋겠어. 마지막이 오는 걸 느끼며 내가 밖에 나가 앉아 영원한 젊음으로 나아갈 때까지."***

바이블링어는 이 시기의 횔덜린에 대한 회상록에서 시인이 그를 그토록 배회하게 만든 불안을 떠올리게 하는 일이 생기면 그것을 어떻게든 피했다고 말했다. "그는 프랑크푸르트를 향해 가기로 결심했던 날처럼 화를 내고, 성을 냈다. 쓰디쓴 고통이 몰려오는지, 그는 자기

*** 같은 책, 734쪽.

방을(그는 자기 방에 광대한 세계를 축소해놓았다) 더 제한된 공간으로 축소해놓으려 했다. 그렇게라도 하면 더 안전하고, 덜 상처받을 수 있다는 듯이. 고통을 더 잘 참을 수 있다는 듯이. 그리고 그는 잠자리에 들었다……"*
이 고통스러운 움츠러듦 덕에 그가 겪었던 공격과 결국 굴복하고 만 그 부담이 어떤 것이었을지 거의 손으로 만져지듯 생생히 느껴진다. 그럼에도 불구하고, 그는 대개는 아주 평온했고 시간이 지남에 따라 점점 더 그렇게 되었다. 세계가 "거의 고통스러울 정도로" 가까이 왔다가, 역류하듯 물러났기 때문이었다. 횔덜린은 이제 네카어** 너머 그의 창문을 통해 세계를 본다. 세계는 항상 계절이라는 순환성 속에 있다. 그리고 그의 창문은 보이는 것들이 분산되는 것을 막는 틀이었다. 동시에 창유리는 그 침공을 막는 것이었다. 이런 틀 안에는 상들을("그토록 단순하고, 그토록 성스러운") 위한 자리 말고는 없다. 동시에, 그의 마지막 찬가 속에서 그의 시각을 사로잡았던, 특히 그의 생각이 가장 신비롭고, 가장 불타오르고, 가장 고통스러운 지점에 닿았을 때 더욱 그를 사로잡았던 현

* 같은 책, 1109쪽.

** 독일 슈바벤 지방의 강. 횔덜린은 네카어 강변의 작은 마을에서 태어났다. 이후 정신병원에서 퇴원한 횔덜린을 목수 치머는 네카어강이 내려다보이는 자신의 집으로 데려온다.

기증은 이제 완전히 멎었다. 규칙적인 운율이 있는 4행시의 형식도 창문의 형태를 띠고 있다. 땅과 하늘의 단조로운 화음 말고는 들리는 게 없다. 영웅도, 신도, 그리스도도 없다. 1799년 편지에서 예감했던 것 말고는 아무것도 없다. "봄, 여명, 석양."

어느 강변, 탑 속에의 긴 감금, 이 기이한 시행에서도 이것을 예견하고 있다.

누가 여기 살고 싶어하는가.
계단들에서라도.
물가에 매달려 있는 집에
머물라.
네가 가진 건
겨우 고르는 숨.
누가 정말 그것을
낮으로 끌어올렸는지,
잠 속에서 그걸 되찾으리
왜냐하면 눈ㅂ이 덮이고,
발이 묶인 곳,
거기서 너는 그것을 찾을 테니.***

*** 같은 책, 901쪽. (나는 플레야드 판에 실린 F. 페디에의 번역을 따

이제 더이상 아시아를 향한, 그리스를 향한 비상은 없다. 더이상의 환영도 없다(이 행들은 후기에 쓰인 시의 두번째 부분이다. 그 첫번째 부분은 "올림포스"를 향한 독수리의 비상을 찬미한다. 그리고 이런 질문으로 끝난다. "우린 어디서 머물기를 원하는가?"). 가난한 자의, 혹은 죄수의 부동성만이 있을 뿐이다. 최상의 자, 최고로 높은 자, 이는 가장 가까운데, 가장 보이지 않는 것 아닐까?

창문에 "여인숙 간판"처럼 그려진 이 작은 세계는 횔덜린의 생애 마지막 무렵에 쓴 시들에 나온다. 이 시에 그는 그가 몹시 좋아했던, 과도하게 예의 바른 문구와 함께 가명으로 서명했다(지혜로운 목수였던 치머가 잘 보았듯이, 이런 형식은 자신을 타자로 놓으면서 타자와 거리를 두는 수단이었다). 그런데 이 세계는 또다시 멀어져간다. 1803년과 1806년 사이에 나온 시들과는 반대로 항상 계절을 가리키는 제목이 나오긴 하지만, 구체적인, 세세한 것들이 서서히 지워지고 비워지면서 비쳐서 보이는 것만 남게 된다.

르지 않았다. 잠 속에서 되찾는 것과 — 아마 그것은 숨밖에 없을 것이다 — 발이 묶인 사람이 찾는 것은 다르기 때문이다. 발이 묶인 사람이 찾는 것은 '그것'이라고 중성적으로 표현되어 있어 이를 구분해야 한다. 분명, 그것은 항상 추구되지만, 말해질 수 없는 것일 것이다 — 원주.)

숲은 밝고, 지나가는 이가 아무도 없다
너무 떨어진 길로는. 침묵이 낳은
위대함……
(…)
거의 결코 변하지 않는 먼 하늘을
기쁘게 바라본다.****

휠덜린의 정신을 드러내는 이 마지막 증언들을 읽으면, 세계로부터 멀어지고, 몸이 사라지는 그를 보게 된다. 이번에는 불이 아니라, 환영 또는 부재에 불과한 공허에 근접하는 휠덜린을 보게 된다. 이카로스의 정신이 꺼져가는 것을 진정으로 보게 된다.

**** 같은 책, 1030쪽.

잠시 갠 하늘

비록 모든 진실이 결정적으로는, 상 안에 있다고(내가 횔덜린에서 인용한 것처럼 눈 때문에 불협화음을 이루는 종소리처럼) 가정하지만, 그리고 그렇게 쓴 바 있지만, 주기적으로 나는 그 상을 총괄하는 시도를 하지 않을 수 없다. 상들에만 의지하는 것은 불가능하기 때문이다. 그러나 이내 총괄하는 것 또한 불가능하다는 것을 알게 된다. 왜냐하면 나의 지식은 광범위하지 않고 나의 사유는 확고하지도 강하지도 않기 때문이다. 또 어쩌면 덜 부정적인 이유로 나 스스로가 그렇게 되지 않길 바라기 때문이다. 이유가 무엇이건, 핵심은 내가 이 분야에 발을 디디자마자 연속적 담론은 불가능하다는 것이며 나는 메모를 남기는 정도에 그쳐야 한다는 것이다.

횔덜린은 철저히 순결했다. 이교도 신들에게서 그가 사랑했던 것은 그들이 욕망을 드러내는 방식과 무관했다. 그리스도의 동정童貞이 그를 거북하게 하지도 않았다. 다른 이들, 특히 릴케 같은 경우는 이를 거북해했다.

두 서로 다른 릴케가 있다. 하나는 목적 없는 생의 비약, 또는 목적을 초월하는 순수 비약으로서 이상적인 사랑을 찬미하는 자. 또다른 자는 훨씬 감춰진 자, 절망한 나머지 지상의 것을 찬미하기로 한 자, 쾌락의 기쁨을 이 찬미 속에 어떻게든 삽입하려고 하는 자. 바로 그렇기 때문에, 그리스도와 충돌할 수밖에 없다. 그러나 이 미묘함의 거장이 보여주는 그리스도에 대한 거부는 아주 이상하게 격렬한 형태를 띠게 된다. 그 형태는 수상쩍거나, 지나치게 주관적이어서 고백할 수 없는 어떤 동요와 관련있어 보인다. 릴케가 만족감과 혁혁한 승리감을 느끼며 『두이노의 비가』를 격렬하게 쏟아내던 시기에 썼을 『젊은 노동자에게 보내는 편지』에서, 이 질문은 나름 뚜렷하게 제기되어 있다. "…그것은 여기, 경멸과 탐욕, 호기심 같은 것이 참을 수 없을 정도로 뒤섞여 있는, "관능적'이라고 부르는 사랑 안에 있네. 기독교가 정당하다 믿고 이 지상에 가져왔지만 결국 가장 개탄스러운 결과를 낸 것도 그 사랑 안에 있다고 봐야겠지. 우리가 그토록 심오한 사건으로부터 탄생했다고는 하나, 거기에 우리가 느끼는 우리 황홀경의 핵심이 있다고 하나 또한 바로 거기에 모든 것이 왜곡되어 역류되어 있네. 이걸 내가 고백할 수 있을까? 나는 점점 더 이해할 수 없네. 우리를 잘못에 처하게 하고, 또 그 속에서 모든 피조물이 자신의 가장 성스러운 권리를 누리게 만드는 교리, 이런 교리를—완전히 진리라고 말하지는 않지만—계속 주장하는 상황을.(…) 만일 과오 또는 원죄가 영혼의 내적 긴장 때문에 만들어진 거라면, 왜 그것을 우리 몸의 다른 부분에다 갖다놓지 않았을까? 왜 원죄를 거기다 떨어뜨려 우리의 순수한 샘에 녹아 그 샘을 뒤흔들고, 중독시키기를 기다리는 걸까? 왜 우리의 성기를 통해 우리의 내밀한 힘을 축하하게 하지 않고 그것을 무국적자로 만들어버렸을까? (…) 우리 시대의 끔찍한 거짓과 불안정성은 성관계의 즐거움을 고백하지 못한다는 사실에서 비롯되지. 이 독특하게 어긋나고 잘못된 죄책감은 계속해서 커지고, 우릴 자연의 나머지 부분, 심지어 아이의 세계로부터 잘라내지. 하지만 이 잊을 수 없는 밤에 내가 배운 것처럼, 아이의 무고함은 아이가 성을 모른다는 사실에 있지 않네. 이를 두고, 베드로는 거의 중성적인 목소리로 이렇게 말하지. '오히려 그 반대'라고. '교미의 과육을 통해 깨어난 이 도저한 행복은 아이의 몸 전체에 그 이름조차 숨기고 완연히 퍼진다'고. 우리 성애의 독특한 상황을 정의하기 위해 이렇게 말할 수 있겠지. 예전에 우리는 몸 곳곳이 아이였다. 지금은 단 한 곳만 아이일 뿐이다."* 진실과 거짓이 이상야릇하게 뒤섞여 있는 단언들, 혹은 명제들. 어쨌든 "도토르 세라피코"를(마리 드 라투르와 탁시스가 단테의 프랑수아 성자를 추억하며 릴케를 이렇게 불렀다) 떠올릴 때 잘 생각나지 않는 것들, 그러나 그를 또 달리 찬미할 만한 것이 될 이런 단언들.

하지만 나는 릴케가 본래 천사같이 고결한 사랑에 적합한 성향이었다고 생각한다(몇 년 후 무질도 자기 나름대로 이 사랑을 추구했다). 이런 종류의 사랑에서 그 메신저는 천사들이었다. 하지만 릴케가 분명히 말하고도 있지만, 이 천사들은 적어도 신약에 나오는 천사들은 아니었다. 그의 삶에서 가장 비참했던 순간에 특히 그를 사로잡은 천사들은, 그 움직임으로 세계라는 얇은 천을 직조하는 자들이었다. 그는 이 끝없이 이어지는 세계에서 결코 나가고 싶지 않았다. 삶과 죽음, 육체와 영혼, 땅과 하늘 사이에 단절이라고는 없는 세계. 그의 시에서 은빛으로 비상하는 이 놀라운 천사들. 하지만 나는 그가 죽어가던 순간 이 천사들이 그의 옆을 지켜주지 않았을 것이

* 라이너 마리아 릴케, 『전집 1: 산문Œuvres complètes 1: Prose』, Paris: Seuil, 1966, 347~349쪽.

라는 생각을 지울 수 없었다. 마지막 날들에 그가 겪은 고통은—그의 예민한 감수성을 고려할 때 그 고통을 견뎠던 그의 용기는 놀라울 지경이다—그때까지 그가 그 이름으로 불렀던 것과는 완전히 다른 것(그리고 분명 그의 고유의 것)이었다. 고통이라는 말도, 때론 너무 호의적이다. 그의 마지막 시가 말하고도 있지만, 그가 올라간 장작더미는 하계의 불빛에 반사되어 불그스름한 빛을 내며 타올랐다. 바로 이 빛 속에서, 그리스도가 다가오며, 점점 커졌다.

자연스럽게 다 느끼는 것을 왜 노골적으로 말하지 않았을까? 그리스도는 최후의 비탄과 고통의 신처럼 나타난다고. 만일 그리스도가 수 세기 동안 그 모든 신자의 벽에 시신의 형태로, 조롱당하고 고문당한 시신의 형태로 걸려 있다면 그건 우연은 아닐 것이라고(복음서가 일부 변형을 했을지언정). 그는 죽음과 얽혀 있는, 희생된 신일까? 고통과 죽음에 내맡겨진 신은 이미 이집트와 그리스가 꿈꾼 바 있다. 그러나 육신으로 구현된 건 아니라서, 이를 받아들이기 위해선 20세기에 걸쳐 서구의 역사가 바뀌어야 했다. 그런 생각(미친, 생각할 수 없는 생각—오늘날 교회는 신을 가장 공통적인 척도로 돌려놓기 위해, 생각할 수 없는 것 외에는 아무것도 두려워하지 않는 것 같다), 즉 죽게 마련인 한 인간 속에 구현된 신이라는, 이 생각할 수 없는 생각이 하나의 절대 진리로 체험된다. 그럼으로써 차마 생각할 수 없는 죽음을 무화한다. 부활절의 빛은 단순히 "자연"이 깨어나는 빛인 것만이 아니라 죽은 자들이 부활하는 빛이기도 하다. 그래서 그 누구든, 극심한 불행 속에 놓인 자에게까지 그 빛이 최고의 구제가 될 수 있다.

하지만 기독교 예술은 신비한 육체의 아름다움을 비난하고, 감추고, 모욕한다. 우리에게 보여주는 것이라곤 동정녀, 한 어머니, 한 아이, 그리고 시신밖에 없다. 반면 티치아노가 그린 나체의 남자 속에 지는 태양보다 더 경이롭고 더 눈부신 황금빛이 모여 있다. 모든 것이 이루어지는 순간에 찾아오는 기쁨, 이 신비로운 현실, 신비한 육체의 아름다움. 그때 뭐랄까 존재는 동시에 올라가고 내려가며, 가라앉고 날아간다. 그 순간, 인간은 덜 인간이 되어, 신들 옆에 그리고 동시에 짐승들 옆에 길게 눕는다. 죽음만큼이나 아득하고, 공통적인 이 순간, 이것, 이를 그저 하느님의 어린양을 제물로 바쳐 없애야 하는 죄라고 받아들여야 할까? 예수가 제자들에게 누가 한쪽 뺨을 때리면 다른 쪽 뺨을 내주라고 한 것은 이것이 악을 선으로 바꿀 수 있는 유일한 길이었기 때문이겠지만, 이를 위해 거꾸로 인간의 본성을 위험하게 바꾸는 대가를 치러야 했던 것 아닐까? 만일 오늘날 인간이 광적으로 바보가 되었다면 너무나 길고 혹독한 구속을 당한 것에 대한 앙갚음일까? 신비의 빌라의 벽화가 보여준 조화로움을 이젠 애석해할 수도 없을까?

카스너는 이렇게 썼다. "휠덜린의 시에 나오는 고대의 신들은 모두 별과 같은 본성을 지녔다. 그러나 이 위대한 시인은 또한 시를 통해 한 명의 인간-신, '고대의 신들' 중 가장 젊은 인간-신을 만들고자 했다. 광기로, 시인의 신성한 광기로 귀결될 수밖에 없는 시도였다. 더욱이 이 광기는 인간-신이 된 시인으로부터 나온 것이었다. 그러나 휠덜린의 정수를 참조했을 또하나의 시인, 릴케라는 춤추는 예수를 통해 신적인 착란은 순수하고도 절대적인 비의미가 되었다. 진정 독실한 정신의 동요가 다시 한번 최고로 재능 있는 정신의 자만 속에서 발휘되었다."*

그리고 이렇게도 썼다. "별, 숫자, 그리고 그와 결부된 모든 것과의 위대한 관계가 현대예술에는 결여되어 있다. (…) 이 말을 하면서, 나는 특히 반 고흐, 세잔 같은 화가들을 생각한다. 그러니까 정확히 말하자면 이런 예술

* 루돌프 카스너, 『그리스도의 탄생 Die Geburt Christi』, Zurich: Eugen Rentsch, 1951, 40쪽, 118쪽.

에는 반복의 행복이 부족하다는 것이다. 그들이 자리한 세계에서, 중심에 있던 것이 어느 날 폭발하여 평한 요소로, 완전히 집단적인, 불안에 찬 요소로 쪼개진다. 그들은 가장자리에서 산다. 그들의 작품도 가장자리에 머무른다. 마치 오늘날 사람들이 꾸는 꿈처럼. 만일 우리가 거기서 가장자리의 삶, 집단성과 불안의 명징한 재현을 읽지 않는다면, 현대예술에서 중심의 부재를 말한다는 것은 수다에 불과할 수 있다. 이러한 삶은 노동에 대한 새로운 개념을 끌어내기도 한다. 이는 객관적 세계에 대한 인장처럼 계층이, 서열이, 스승과 제자가, 완벽 및 은총에 대한 개념이 여전히 존재하던 때에는 가질 수 없던 개념이다. 위대한 예술의 시대에는 노동을 광신적으로 하던 자가 없었다고, 아니 있을 수 없었다고 단언한다. 이런 유형은 집단과 기계의 도래와 함께 나타났을 뿐이다. 그들이 살았던 삶은 가장자리의 삶이었다. 릴케는 로댕이나 세잔에게서 그 삶을 찬미했다. 그는 한 편지에서, 그것을 꼭 찬성하지는 않지만, 하루라도 작업 시간을 놓치지 않기 위해 어머니 장례식에도 참석하지 않았던 예술가를 언급한다. 나는 이런 열성에서 불운, 불안전, 불안, 가장자리의 삶 이외에 다른 것은 보지 못하겠다."

카스너는 릴케의 드문 진짜 친구 중 하나였다. 그는 그의 시가 감탄을 불러일으키면서도 방황하고 있다고 생각했다. 그는 역사 이전, 시간 이전, 그리스도 이전의 마법적인 세계를 부활시키려는 한 시인의 헛된 노력을, 그 눈부신 예를 보았다. 그가 이른바 "모더니티"라 불렀던 것에 대해 쓴 비판적인 글을 읽다보면, 나는 그가 옳았다는 것을 인정하게 된다. 사실상 현대 정신은 우리로 하여금 집단성, 혹은 그것만큼이나 치명적인 초개인주의(카스너에 따르면, 이것은 집단성의 보완물이 될 것이다) 이 두 선택지만을 주는 것 같다. 나는 이따금 예술 및 현대시의 저주받은 위대한 작가들이 우리들에게 미치는 매혹과 관계를 끊는 것이 시급하지는 않은지 자문하곤 했다(그들의 위대함에서 벗어날 수 있기는 한다는 듯이)……

그러나 나는 더 멀리 나갈 수 없었다. 카스너가 십자가 성 요한*의 길 말고는 다른 길이 없다고 확신했을 때 나의 약점, 나의 전적인 무능력이(혹은 나의 무능력이라고 믿게 된 어떤 것이) 곧장 다시 나타났기 때문이다. 이 무능력은 하나의 믿음을 이어나갈 능력이 없다는 것일 수도(왜냐하면 그러려면 우선 그 믿음이 안에서부터 나

* 후안 데 라 크루스(Juan de la Cruz, 1542~1591). 16세기의 성인. '십자가의 성 요한'이라는 뜻이다. 여러 개혁을 추진하다 반대에 부딪혀 많은 오해를 사고, 박해, 감금을 당했다. 비좁은 감방에 앉아 생활하며 하느님과 일치, 십자가의 신비를 체험한 것으로 유명하다.

에게 말을 걸어와야 하기 때문이다) 있다. 또한 충분히 넓은 시선으로 하나 혹은 여러 가지 체계를 파악하여 하나가 그래도 다른 것보다는 조금 덜 나쁘다는 식으로 비교함으로써 하나를 선택한 후 그 선택을 기준으로 삶을 정돈할 능력이 없다는 것일 수도 있다.

요컨대, 어디서든, 교조적인 표현을 만날 때마다 나는 실로 아연실색한다. 누구도 유일무이한, 결정적인 진실을 그렇게 믿는 것은 가능하지 않은 것 같다. 하지만 십자가 성 요한의 성가가 보여주는 그 뜨겁고도 곧은 비상은 가장 높은 꿈처럼 내게 감동적이다. 누군가 나를 회의주의자로 취급한다면, 나는 그 표현이 틀렸다는 느낌을 갖게 될지 모른다(그러나 여기에는 이상야릇한 어휘 문제가 있다. 내 책에 대해 말하며 누군가 한두 차례 "부정신학"이라는 단어를 사용한 적이 있다. 나의 이런 더듬거리는 탐색을 무겁고도 위엄 있는 단어를 선택해 해설한 건데, 이런 단어는 나를 웃음짓게 하면서도 불편하게 한다. 또 그 비슷한 것을 만날 때마다, 그러니까 시를 해설하며 어떤 지식 분야에서 표현을 차용해올 때마다 이건 틀렸다는 느낌, 아니 이건 근본적으로 정합하지 않다는 느낌을 갖게 된다. 이른바 "현자적"이라고 불리는 시(세브, 공고라, 말라르메)의 경우에도 그렇다. 하물며 샹송이나 하이쿠처럼 그 부정합성이 특색인 것들은 말할 것도 없고. 시의 핵에서는 이런 종류의 용어에 치명적인 광선이 나온다. 그런데 그 반대 경우가 더 많이 나타난다. 즉, 이 광선을 가려버리는 용어의 남용. 시에 시를 덧붙이려다 이렇게 되는 것은 아니다. 가장 검소한 언어가 작품에 대한 가장 적절한 설명을 제공할 가능성이 높다. 오늘날 사람들은 이런 길을 가지 않는다).

“어떤 시에 대해, 만일 왜 이런 단어를 이런 곳에 썼는지 묻게 된다면, 그리고 그에 대해 답을 하게 된다면, 시가 최고 수준의 작품이 아니거나, 독자가 아무것도 이해하지 못했다는 것을 뜻한다. (…) 진짜 아름다운 시를 위한 단 하나의 답은, 단어는 거기 있는 것이 가장 잘 어울리기에 거기 있다는 것이다. 이런 어울림의 증거는, 그게 거기 있어서 시가 아름답다는 것이다. 시가 아름답다는 건, 독자가 그 시 말고는 다른 걸 바라지 않는다는 것이다. (…) 보마르셰의 질문. ‘왜 이것들이지, 다른 것들이 아니라?’ 이런 질문에는 어떤 답도 없다. 왜냐하면 우주에는 궁극적 목적finalité이란 없기 때문이다. 궁극적 목적의 부재, 그것이 곧 필연성nécessité의 지배다. (…) 불행은 우리가 온 영혼을 다해 궁극적 목적이 부재함을 느끼게 한다. 영혼의 방향이 사랑이라면, 우리가 필연성을 관조할수록, 우리가 살을, 금속처럼 단단한하고 차가운

것을 껴안을수록, 우리는 더더욱 세계의 아름다움에 가까워질 것이다. 욥이 겪은 것이 바로 이것이다. 그는 자신의 고통 속에서 너무나 솔직했다. 그는 자신 안에서 진리를 변질시키려는 그 어떤 수상쩍은 생각도 인정하지 않았다. 그렇기에 하느님은 그를 향해 내려와 세상의 아름다움을 그에게 계시한다. (…) 한 인간이 탁월한 경지에 이르러 신적인 존재가 될 때마다 그 안에는 어떤 비인칭적인 것, 익명적인 것이 나타난다. 그 목소리는 침묵으로 싸여 있다. 위대한 예술 및 사유, 성자들의 위대한 행동과 그들의 말 속에서 이것이 분명 나타난다. (…) 모든 인간 존재는 지상의 어떤 시에 의해 여기 낮은 곳에 뿌리박혀 있다. 그 시는 하늘빛의 반사광, 다소 어렴풋하게 느껴지는 우주적인 모국에 연결된 끈이다. 불행이란 뿌리뽑힘이다."*

시몬 베유는 이렇게 말한다. 내가 말했던 것을 읽고 나면, 칼로 벤 듯한 이런 단언들은 나와 정반대라고 생각할 것이다. 그러나 나는 이것들을 나도 예감할 수 있는 가설의 극단적인 형태로 이해한다. 나는 이런 억양을 사랑한다. 이것들을 읽으며 나는 시몬 베유가 그리스 빛에,

* 시몬 베유, 『신의 기다림Attente de Dieu』, Paris: La Colombe, 1950, 117~181쪽.

동시에 그리스도의 빛에 얼마나 민감했는지 잊을 수 없다. 더욱이, 이런 단언들이 가진 예리함은 아마 교조주의보다는 확신에 대한 근심 어린 의지로 이해될 여지가 더 많다. 이런 사유들은 밖으로 열려 있다.

이렇게 나는 분열되어, 정말 방황하는가? 이런 불확실성이 미덕으로 판단될 수 없어서. 나는 모든 것들이 변할 필요가 있음을 잘 안다. 그 어떤 영역에서도 그저 뒤로 돌아갈 수 있는 가능성을 타진해보는 것은 아니다. 그렇다고 거의 도처에서 변해가는 방식이 납득이 되는 것도 아니다. 그렇다면? 난 뭘 말할 수 있을까? 뭘 할 수 있을까? 만일 내가 더 많은 책을 읽고 더 나은 작가의 책을 읽어도 이 의심 많은 나를 치유할 수 없다고 인정해야 한다면? 이런 곤궁한 상황을, 거의 받아들여질 수 없는 태도를 고백하느니 차라리 입을 다무는 편이 낫지 않을까? (온갖 광신보다는 그래도 난 이걸 선호한다.) 주저하고 망설이면 문제들만 더 생겨 일상생활에서 화나고 가소로운 일들이 더 많아질 것이다.

나는 브리스 파랭**을 단 한 번 만났는데, 그때 그가

** 브리스 파랭(Brice Parain, 1897~1971). 프랑스의 철학자이자 수필가. 모리스 블랑쇼, 루이르네 데포레 같은 작가들이 그의 작품을 읽으며

내게 던진 질문을 결코 잊지 않았다. 그 질문은 그의 얼굴만큼이나 나를 당황하게 만들었고 감동시켰다. 그 만남이 있었던 집에서 예기치 않게 본 장인다운 아름다운 얼굴(브라크가 선원의 얼굴을 가지고 있다면). 질문은 나를 놀라게 했다. 왜냐하면 내가 겨우 아는 사람에게서 느닷없이 날아온 질문이었기 때문이고 그 질문이 정말 단순하고, 직접적이었기 때문이다. "그런데 당신은, 정말로 희망하는 게 뭐요?" 지금은, 거의 20년이 지난 지금은 혼란스러워 회피했던 그때보다 더 잘 대답할 수 있을까? 그때는 그 어떤 인터뷰도 당당히 할 수 없었고, 어떤 진정한 대화도 시작할 수 없었다.

> 돌들의 무게, 생각들의 무게
> 몽상과 산은
> 같은 저울을 가지고 있지 않다
> 우린 아직도 다른 세계에서 산다
> 아마도 그 사이 간격에

이런 식으로 어느 날, 나는 시를 쓰며 두 척도, 아니 두

침묵과 문학의 관계를 탐색하기도 했다. 장뤽 고다르의 영화 〈비브르 사비〉에서 배우 안나 카리나가 연기한 여자 주인공과 한 파리 카페에서 대화를 나누는 노인으로 나오기도 한다.

척도 체계가 있어야만 한다는 느낌을 파악해보려 애썼다. 왜냐하면 우리는 고통스럽든 즐겁든 하나의 삶만을, 아니 짧은 순간만을 사는데, 이 삶이 과학이 말하는 수백만 년, 수십억 년, 아니면 수백, 수십억 킬로미터와 하등 관련이 없다는 것을 너무나 잘 알고 있었기 때문이다(카스너의 "수"와 "시각" 사이, "관찰"과 "직감" 사이의 근본적 구분은 이러한 느낌을 더 강하게 해주었다). 어느 쪽으로든 달아나려는 의식 혹은 자기 안에 기본적으로 굴종하지 않는 부분을 가지려는 의식. 이런 것이 아마 내가 희망하던 것의 그 초안일 수 있겠다.

요컨대, 나의 모든 불확실성 중에서 최소한의 것(믿음의 시작점에서 가장 덜 멀어진 것)이 나에게 시적 체험을 준 것이다. 우리 존재의 저 근원에, 저 진원에 미지의 것이, 포착할 수 없는 것이 있다는 생각. 그러나 역사가 차례로 부여한 어떤 이름으로도 난 이 미지의 것, 그것을 부를 수 없었다. 그렇다면 그것은 나에게 어떤 교훈도—그것이 발화하는 시를 벗어나서는—, 인생의 방향과 관련해서 어떤 지침도 주지 못하는 걸까?

이것을 곰곰이 생각하다보니, 적어도 어쨌든 그게 나를 한 방향으로, 높이 올라가는 방향으로 안내하고 있다는 것을 알게 되었다. 그도 그럴 것이 나는 아주 자연스럽게 어렴풋하게나마 그것이 '최고로 높은 자'처럼 보였기 때문이다. 안 될 게 뭐 있겠는가? 원래부터, 그것을 하늘의 상image du ciel으로 간주하곤 했으니까……

하여 어쨌든, 한 발은 내디딘 듯 보였다. 비록 내가 확실한 원칙에서 출발할 수는 없었을지언정, 그리고 나의 망설임이 언제 끝날지 모른 채 계속되었을지언정. 내 발걸음에 파악할 수 있는, 표현할 수 있는 그 어떤 목적지도 제안할 수 없을지언정, 어떤 조건에서든, 어떤 순간에서든, 어떤 분야에서든, 어떤 장소에서든 지고한 '하늘'의 빛으로 밝혀진 행동이 '나쁜 것'일 수는 없다는 것을 깨달았다. 이 하늘 아래의 삶이 그 어떤 삶보다 더 '좋은' 삶이 될 가능성이 크다는 것을 깨달았다. 덜 모호하게 말하자면, 그 높이에서 우리에게 도달할 빛은 잠시 갠 빛, 흩어져 이리저리 일렁이는 빛, 어쩌다 드리운 섬광 같은 빛이지, 우리가 꿈꾸는 지속성을 띤 빛이 아니다. 이 빛은 이러저러한 도덕이, 사상 체계가, 신앙이 강요하는 형태보다 훨씬 더 다양한 형태를 취할 것이다. 나는 기쁨 속에서 그 모습을 보았고(빛이 닿지 않은 것은 위험하다 여기며), 그러나 또한 (더욱 명징한 이해를 위해) 기쁨을 포기한 곳에서도 그 빛을 보게 되었다. 그 빛이 처음 내게 계시된 후, 나는 부단히 그 빛을 찾으러 갔다. 그 빛을 위대한 작품 속에서도 보았지만, 순진 그 자체인 단순한 노래 속에서도 보았다. 순수 절대의 과잉, 격함, 어떤 자들은 거부할지도 모를 것들 속에서도 결코 적지 않게 보았다. 특히 무엇보다 그 수많은 세월이 이를 내게 가르쳐줬다, 인내 속에서, 용기 속에서, 자신을 잊고, 자신을 뽐내지도 않고, 유쾌하게 참는, 결핍 속에서도 빛나는, 이른바 삭제된 인간들의 미소 속에서 나는 보았다. 분명, 끊임없이 경이와 공포 속에서, 인간의 나쁜 면을 끊임없이 마주할 수밖에 없을 것이다. 그러나 또한 끊임없이, 가장 평범한 삶 속에서, 가장 제한된 영역에서, 전혀 다른 기호들을 집결시킬 수 있을 것이다. 이 기호들을 담고 있을, 어떤 몸짓 혹은 닳아빠진 어떤 말은 그게 무엇이건 간에 뭔가를 말하려는 것이 아니라 그저 교환을 시작하려는 것이다, '거래'라는 엄정한 필요 체계에 무상으로 약간의 다정함, 약간의 은혜를 건네려는 것이다. 거의 웃음이 나오는 이런 기호들, 더듬거리며 지치지도 않고 끊임없이 집을 다시 짓고, 눈이 먼 듯 하루를 다시 만들려는 몸짓들. 나의 무지함을 덜 무겁게 해주는 그런 미소들.

소소한 것 너머로 가고 싶기도 하다. 산산이 흩어진 기호들로부터 규율이 될지도 모를 문장을 끌어내고도 싶다. 하지만 그럴 수 없다. 나는 예전만 해도 '가시적 세계의 종從'을 자처했다. 내가 하는 일은 차라리, 요컨대 정원을 치워야 하는데, 그것을 너무 자주 소홀히 하는 정원사의 일과 닮았다. 시간의 잡초……

정원의 신들은 어디 있지? 가끔 나는 불확실성 속에 있는 내가 바람이 선회시켜, 들려서 부양했다가, 그냥 내려놓는 눈송이들과 비슷해 보일 때가 있다. 아니면 바람에 반은 순종하고, 반은 함께 놀면서, 때론 밤처럼 시커먼 검은 날개를 펴거나, 때론 어떤 빛인지 모르겠지만 그 빛을 반짝거리며 반사하는 새들과 비슷해 보일 때가 있다.

(따라서 정의된 희망 없이 살아갈 수 있을 것이다. 그러나 이런 생각의 도움 없이는 살아갈 수 없을 것이다. 인간에게 만일 단 한 번의 기회가, 단 한 번의 출구가 있다면, "이 하늘 아래서" 살아갈지 모를 자에게 출구가 그래도 있을 거라는.)

(가장 높은 희망, 그것은 하늘 전체가 실로 하나의 시선일 것이라는 것.)

옮긴이의 말

류재화

언어? 아니, 너울만이어도 좋아라……

내가 필리프 자코테를 처음 알게 된 것은, 파리 유학 시절 어느 수업을 통해서였다. 그리고 어느 날, 우연히 자코테의 이 구절을 읽게 되었다. 그리고 나는 무너졌다.

> 선생님, 이번 여름은 별이 너무 많아요, 쓰러진 친구들이 너무 많아요. 알쏭달쏭 모르겠는 수수께끼가 너무 많아요. 설명 좀 해봐요, 잘도 달아나는 선생님! 그 대답은, 길가에서. 개쑥갓, 어수리, 치커리가.
>
> — 필리프 자코테, 『초록 수첩』 중에서

나 역시 사랑하는 사람들을 죽음으로 떠나보내던 시절, 우선은 슬픔이 감당이 안 되어 속수무책인 아이처럼 말하는 그 솔직한 투가 좋았다. 그런데, 느닷없이 바로 이어지는 결구. "그 대답은, 길가에서. 개쑥갓, 어수리, 치커리가." 내가 울컥했다면, 바로 이 결구 때문이었을 것이다. 당시에는 왜 울컥했는지 잘 설명할 수 없었지만, 수년이 흘러 자코테를 번역하면서 나는 이를 어렴풋이 짐작하게 되었다.

결구란, 흔히 여태 풀어낸 감정을 정리하거나, 여태 쌓아온 논리를 압축하면서 하나의 진리를 계시하듯 단언하게 마련인데, 자코테의 글은 이를 단번에 끊어버리는 이른바 일승一乘. 마치 돈오돈수頓悟頓修 같다. 갑자기 가파르게 떨어져나간 파편 같은 진리. 개쑥갓, 어수리, 치커리라는 이 꽃 조각. 이런 파편은 통점이자 미점이다. 괜한 수사구로 어쭙잖은 관념을 유포하느니, 과감히 언어를 끊어버림으로써 무너지며 비약하는 기쁨. 담론의 환상을 지워버린, 무매개적인, 즉각적인 사물의 소환. 그 어떤 수식어나 관념적 설명 없이, 이 꽃들이 명명되는 것만으로도 위로된다. 언어의 결핍이 도리어 언어의 막강한 힘이 되는 역설……

자연의 꽃들과 나무들, 과수원과 비탈길, 자갈과 돌들, 강물과 모래밭. 자코테의 시에서 만나는 자연의 만물들은 그 자체로 아름답고 뭉클하다. 그런데 왜 우리는 이 뭉클함을 언어에 담으려 하는가? 자코테는 조르조 모란디의 그림을 보며 느끼는 뭉클함에 대해 이렇게 말한다.

> 모란디의 그림을 볼 때면 내게 뭉클함을 안긴 사물들을 먼저 언어로 표현해야 한다는 조바심을 덜 수 있다. 전시회에 가거나 책을 읽으면서 본 그림들을 다시 말로 옮기느라 애쓰지 않아도 된다는 말이다.
>
> — 필리프 자코테, 『순례자의 그릇』 중에서

아름다운 것을 보면 말하고 싶고, 시로 써보고 싶은 욕망과 안달. 언어의 유용성을 믿고 언어를 쓰는 작가들이 아니라, 언어의 무용성을 알면서 언어를 쓰는 작가들의 이런 고백이 왜 더 진실하게 느껴질까.

자코테는 『부재하는 형상들이 있는 풍경』에서도 바로 이런 언어의 문제를 강박적일 정도로 조심해서 다루며, 번뇌한다. 자연의 아름다움 앞에서 느끼는 감동을 목가풍 연애시처럼 말하고 싶은 충동을 애써 누른다. 시인 자신을 최대한 지우면서 자연을 "거의presque" "있는 그대로tel quel" 표현하려고 애쓸 뿐, 과도한 서정성에 빠지는 것을 극도로 자제한다. 그가 가장 경계하는 것은, 너무 아름다운 장면을 보고 순간 "천국"이라는 단어로 발화하거나 논증하는 것이다. 천국과도 같은 감각을 수많은 단어로 연언하고 열거하면서 사후적으로 '총합'하는 것은 그래도 조금이나마 허용된다면, 사전적으로 미리 '천국'이라고 제시하는 것은 꺼리는 것이다.

사실상, 언어를 쓰는 모든 작가에게 위기는 이렇게 온다. 자연 만물은 각자 자기 자체로 개별적이고 고립되어 있을 뿐이다. 우리는 대상objet으로서의 자연 만물을 보고 감응할 뿐, 우리가 그 자연 만물이 아닌 이상, 결코 그 자체를 알 수 없기 때문이다. 자연 만물은 수많은 다름으로 존재하는데, 시인은 늘 형상적 유비성을 통해 그 공통적 속성이라 할 상image들을 불러내며, 이른바 "이미지들의 네트워크"를 만든다. 이것이 한 편의 시라면, 시다. 그런데 언어로 짠 이 피륙 자체가 진리가 아님을 시인 스스로는 알고 있다. 때론 이를 읽는 독자마저 이 이미지들의 네트워크 속에 갇혀 질식할 것 같은 위기감이 드는 것도 사실이다.

자코테는 분명 그 두려움을 이렇게 고백한다. "항상 약간 너무 말해지는 이런 상들은, 사실에는 가까스로 부합한다"고. 왜냐하면 이런 사물들이나 풍경들은 "절대 의상을 많이 걸치지 않기 때문"이라고. 그래서 아름다운 사물들을 보며 불쑥 솟구치는 영감에 힘입어 언어유희를 한다 해도, 이것을 전광석화처럼 찰나에 하는 방법을 택한다. 자코테의 용어를 빌리면, 그건 "선물"처럼 올 뿐이다. "만일 흙은 빵이고, 하늘은 포도주"라고 연상되어 얼른 그렇게 시행을 썼다면, 그 시행을 더 논술하지 말고, 짧게 뇌리를 스쳤다 바로 빠져나가는 심상처럼만 말할 뿐, 대단한 진리처럼 말하지 말라는 것이다.

그렇다면, 우리가 언어로 할 수 있는 건 뭘까? 고작, 자연의 형상 속에서 찾아낸 유사성을 언어적으로 조합해내는 메타포 놀이? 다른 것에서 같은 것을 보고, 같은 것에서 다른 것을 보는 관념들의 연상 작용? 자코테가 브뢰헬의 〈이카로스의 추락이 있는 풍경〉을 언급하며 놀랍게 약술했지만, 이 작품의 위대함은 시선의 새로운 독법을 예고했기 때문일 것이다. 이것은 전경에 더욱 확대되어 그려진 쟁기꾼의 보습 아래 가지런하면서도 흔들리는 아름다운 너울과 하늘까지 치솟으며 빛나던 이카로스가 추락하며 만들어진 강물의 너울을 '공시적'으로 보는 문제이다. 삶과 죽음이라는 극심한 차이를, 너울이라는 공통적 속성과 그로부터 파생한 형상 속에서 추출해내는 사안이다.

아마도 우리가 『부재하는 형상들이 있는 풍경』에서 읽은 것은 이런 수많은 너울들인지 모른다. 땅에도, 바다에도, 나무에도, 우리 살과 피부에도, 정신에도, 심리에도, 생리에도, 음에도, 색에도, 수많은 너울이 있다.

그런데 가령, 롤랑 바르트는 이런 유추의 놀이에서 벗어나고 싶어 이를 '악귀'라고까지 표현하며, 인류는 "유사성을 선고받았다"고까지 역설하고 있다. 왜 진리의 원천에 "자연적인 것"이 늘 있고, 우리가 아무리 언어로 모든 것을 다 표현하려고 해도 이 자연적 만다라로부터 벗어나지 못하는 걸까. 작가들은 뛰어난 관찰력과 상상력, 언어적 기교를 통해 수많은 에너지를 소진하며 아름다운 시의 피륙을 짜낸다. 그런데 그래봤자, 자연의 피륙에 못 미친다면. 그래도 자연과 언어 사이의 구조적 상응성을 느끼며 행복해한다면. 만일 땅이, 하늘이, 구름이, 고랑이, 잡초가, 별들이, 바람이, 강물이 그토록 아름답다고 느낀다면, 시인은 마치 그 자연의 너울과 흔들림이 자신이 쓰고 있는 문장에, 문형에 그대로 올 때, 이전보다 더 강렬하게 황홀경을 느끼는 듯하다. 쟁기의 보습이 날아가는 비둘기의 반영 같고, 늙은 나무껍질 너울이 강 물살 같아 뱃머리를 잡고 따라가고 싶다면. 아니, 내 삶도 이렇게 너울처럼 흘러간다면.

인간이 자연의 일부여서 인간의 언어도 자연의 형상 안에서밖에 놀지 못한다면, 기꺼이 그렇게 놀 수밖에 없을 것이다. 시인은 자연의 형상을 머금은 언어 속으로 다시 돌진한다. 문학이 새로운 세계를 구축하거나, 새로운 행성에 도달하는 사안이 아니라면, 이 황홀한 유사성 놀이 또한 어떠한가.

단, 이 놀이를 즐길 수 있는 자들은, 언어가 진리가 아니라 진리의 입구인 미끼에 불과한 것을 알고 그 미끼를 문 자들에 제한된다. 언어는 진리에 이르는 하나의 방편에 불과하다는 것을 알고 언어를 겸손하게, 자제하며 쓰는 자들에 제한된다.

오늘, 2024년 12월 14일 겨울 하늘, 유난히 쓸쓸하고도 막막히 텅 빈 하늘. 이 하늘에 내 기분을 투사하기보다, 하늘만 조용히 관조해보려고 한다.

지금도 눈앞에 선연한 자코테의 이 문장.

대지가 열려 있으니 새들이 지나다닐 수 있는 건 아닐까?

대지는 언어가 자리할 하얀 종이이고, 새들은 시행들 아니면 시인들? 이런 유추가 오늘 이 순간만큼은 끼어들지 못하게 하고 싶다. 대지에서, 하늘에서, 새들에서 그냥 가만히 멈추고 싶다. 언어가 들어오지 못하게.

부재하는 형상들이 있는 풍경

초판 1쇄 인쇄 2024년 12월 18일
초판 1쇄 발행 2024년 12월 26일

지은이 필리프 자코테
옮긴이 류재화
펴낸이 김민정
책임편집 권현승
편집 유성원 김동휘
디자인 김정민
저작권 박지영 형소진 최은진 오서영
마케팅 정민호 박치우 한민아 이민경 박진희 황승현
브랜딩 함유지 함근아 박민재 김희숙 이송이 김하연 박다솔 조다현 배진성 이준희
제작 강신은 김동욱 이순호
제작처 천광인쇄사

펴낸곳 (주)난다
출판등록 2016년 8월 25일 제406-2016-000108호
주소 10881 경기도 파주시 회동길 210
전자우편 nandatoogo@gmail.com 인스타그램 @nandaisart @mohobook
문의전화 031-955-8853 (편집) 031-955-2689 (마케팅) 031-955-8855 (팩스)

ISBN 979-11-94171-32-4 (03860)